怪談狩り　市朗百物語
赤い顔

中山市朗

角川ホラー文庫
20174

目次

第一話　いつもの踏切

Cさんは書道教室を経営している。

ある日、教え子の小学生の女の子の、膝《ひざ》や手など、衣服から出ている部分が絆創膏《ばんそうこう》だらけなのに気がついた。

いったいどうしたのか聞くと、踏切で転んだという。

「踏切でなにしたら、転ぶねん」

「昨日、勉強終わっていっつもみたいに自転車で帰ってん。そしたらな、あの踏切渡るときにな、急にハンドルが曲がったんや」

「は？　曲がった？」

「うん、急に九十度曲がってな、そしたらそのまんま線路のほうに走ることになるやろ。線路って砂利やん。ほんでそこ走ってこけたんや。けどなんでそんなことなったかわからへん。そしたらカンカンカンカンと警報機鳴って、遮断機下りて来てん。ほなら体動かへん。そしたら『なにしてんねん』っておじさんにいわれて、助けてもろたんや」

そのあと、おじさんに家まで送ってもらって、母親からひどく叱られたそうだ。

それから何年かして、高校生になったその子と道でばったり会った。

Cさんはずっとあの話が気になっていたので「あのとき、線路でこけたって、ヘンなこというてたん覚えてる？」と聞くと、彼女は「ああ、覚えてます」と大声をあげた。

「あのなあ、あのとき、自転車のハンドルが急に九十度曲がったっていうてたよなあ」

「そうそう、覚えてます。急にキュッと曲がったんですよ」

「よお考えたんやけどな、真っ直ぐ行こうとしてるところに、急にそんな曲がり方したら、その時点で転んでるよな」

「そうですねえ」

「けど、そのまま線路に入ってしばらく走ったんやろ」

「そうです」

「それって、ハンドルにもう一本手がなかったか？」

「そんな怖いこといわないでください！」

そういわれたそうだが、「そのとき彼女もパニクってたと思うんですけど、そうとしか考えられないんですよ」とCさんはいう。

第二話　首吊り人形

大学生だった頃、Oさんは演劇部に所属していた。

キャンパス内に演劇部の稽古場《けいこば》があったが、これは古い民家を大学が買い取ったものだそうだ。

その稽古場でのこと。

部長のMさんが「オレ、今朝ここでヤバいもの見た」という。

「ヤバいものって？」とOさん。

「今朝、ここの鍵《かぎ》を開けたのオレなんだけど、玄関の戸を開けた途端、『わっ』と目を背けてさ。柱に人形が首吊った状態で、ぶら下がってたんだ。それがフランス人形でさ」

「どこの柱？」

「そこ」とM部長は、ある柱を指差した。「で、ヤバいというのは、その人形の恰好《かっこう》でさ……」

「なんだそれ！　それって呪術の跡じゃないの」

聞いていたほかの部員たちがいいだした。

「で、その人形、どこにやった？」

「怖いから、柱から降ろしてそこの押入れの中に放りこんだ」

「じゃ、まだあるんだ」

だれかが押入れをそっと開けた。

「わあっ」と悲鳴が上がった。

青い目をしたフランス人形が転がっていた。

その両手両足はなく、片目は火で炙《あぶ》られたように潰《つぶ》れていて、体は前後逆に付けられている。

「なんだ、これ」

みなが立ち尽くしていると、ほかの部員たちもやってきて、「どうした」と押入れをのぞきこんだ。だんだん人が増えてきて、部室に野次馬がたかりだした。

「だれがこんなことを？」

わからない。

今朝、この稽古場の鍵を開けたのがM部長なら、昨日鍵を閉めたのもM部長。鍵は彼が管理していて、小道具や衣装が盗まれたりしないよう、窓や裏口も鍵がかかっている。従ってほかのだれかが入ることはありえない。

すると、茶道部の女性が、「あっ、私、あの人形知ってる」という。

「私、この部屋に文化祭のことでお邪魔したことあるんだけど、そのとき、押入れにあったのを見たことあるよ。でもそのときは手も足もあって、綺麗《きれい》なお人形だったよ」

「あっ、思い出した。あったあった。綺麗な人形が、押入れにあった」

部員の何人かもそんなことをいいだした。

しかし、Oさんも M部長も、この押入れはよく使うが、そんなものを見た覚えがない。

野次馬が多くなってきた。

すでにキャンパス内ではちょっとした噂になっているらしい。このままでは練習もできないし、第一、気持ちが悪い。

しかし、野次馬は増える一方だ。

このままだと演劇部が妙な目で見られる。そう思ったOさんはその人形を焼却炉で燃やそうと再び押入れを開けた。

人形はどこにもなかった。

第三話　上の住人

建設会社で働いているTさんの実家は、八階建ての市営マンションだ。数年前に引っ越してきたのだが、当初からずっと気になることがあった。

毎日のように、朝の七時になると、下の階から柱に釘《くぎ》を打ちつけるような音が響いてくるのだ。

さらに、上階からは、バタバタと子どもが走り回る音がする。こちらは夜の十時から十二時にかけての時間帯で、完全に安眠妨害だ。家族も迷惑がっていた。

その日も夜の十時になった途端、子どもが走りだした。

今日こそ苦情をいおう。Tさんは意を決して上の階へ行くと、自宅の真上に当たる部屋のチャイムを鳴らした。

ドアを開けたパジャマ姿の男は、見たことのある顔だった。

袈裟《けさ》を着て、たまに近所の道端に立っているお坊さんだ。年齢は六十歳くらいだろうか。ここに住んでいたのか。

「なんでしょう」とお坊さんが怪訝《けげん》そうな表情でいう。

「あの、いつもこの時間になると音がひどいんですけど、ちょっと静かにしてもらえませんか」

すると、驚いた表情になる。

「うちは私一人で、この時間もう寝ているんですけど。なんなら、中、ご覧になりますか」

部屋に上がり、Tさんたちが寝ている部屋の真上に当たる奥の部屋を見せてもらった。

そこは物置部屋になっていて荷物が置いてあり、走り回るようなスペースはない。それに、そもそも、子どもの姿がないのだ。

すると、上の階から子どもが走る音が聞こえだした。

「この音ですか？」

「そうです。これです」

しかし、お坊さんはこの音は、初めて聞いたようで「なんでしょうね、子どもが走っている音ですかねえ」と首をかしげた。

しかし、ここは最上階で、上は屋上しかない。屋上へ続く階段はいつも鉄扉が閉まっていて、管理人の許可がないと入れないし、屋上はコンクリートなので、こんな音はしないはずだ。

混乱したままTさんは部屋に戻った。

しかし、次の日の夜も、やはり子どもが走る音が響いてくる。

ちょっと怖くなってきた。


しばらくして、転勤となり、Tさんは町を離れることになった。

二年後、実家へ戻った。やはり夜十時になると子どもが走りだす。そして、音は以前より大きくなっていた。

上の階に上がってまたチャイムを鳴らした。

「はあぃ」と出てきたのは、三十歳くらいの女性だった。

あれ、違う人だ……。

「なにか、ご用ですか？」と不思議そうな顔をされた。

「前にここに住んでいたお坊さん、引っ越されたんですか？」

「お坊さん？　さあ、うちは去年ここに越してきまして、前に住んでいた方のことはわからないんですけど」

女性の後ろの部屋は真っ暗で、何の音もしない。

「すみませんでした」と、そのまま帰った。

翌日の夜も、以前より大きな音がどんどん響いてきた。

後日、管理人に聞くと、あのお坊さんはあれから半年後に急に亡くなったという。以前はお坊さんが住んでいたから、あの音はまだましだったんだな……とぼんやり思った。

子どもの走る音と、朝の釘を打ちつける音は、今もしている。

第四話　カエシテ

ビジネス街の交差点に花束が手向《たむ》けてあった。ここで交通事故があったのだろうか。そこを通りかかった役者のKさんは、「かわいそうに」と思った。

花が枯れていたのだ。

近くにある花屋に寄って、花束を買って戻った。枯れた花を抜き、新しい花をそこに手向けた。

いいことをしたな、とKさんは、ちょっといい気分になった。

その交差点をしばらく行くと、横断歩道がある。

赤信号で信号待ちをする。

道の向こうに大きな商社のビルがあり、その一階のガラスに信号待ちをしている人たちの姿が映りこんでいる。Kさんの姿もそこにあったが、自分の隣に立っている若い女が気になった。真冬のことで、みんなコートやジャケットを着こんでいるのに、その女は胸もとがあいていて、薄いピンクのカーディガンをはおり、短いスカートをはいている。いかにも季節はずれの薄着なのだ。

「うわっ、寒そうだな」

そう思ってふと横を見ると、女などいない。後ろを見るがやはり、女はいない。

「えっ?」と、ビルのガラスを見直すと、薄着の女が隣にいるのだ。

いる、と、また振り返るが、女はいない。

なんとなく、嫌だな、と思った。

この道は、Kさんがよく通る道だ。それからはこの横断歩道から商社のビルのガラスを見るたびに、毎回薄着の女が映りこむのを見るようになった。だが、そのまま横断歩道を渡りきってもなにも起こらないので、気にしないように心がけていた。


あるとき、地下鉄に乗った。

吊《つ》り革を持って立っていると、目の前の窓ガラスに自分の姿が映りこんでいる。

その後ろにあの薄着の女がいる。

その顔がはっきりと見える。痩《や》せた、目鼻立ちの整ったいい女だ。

振り返った。女はいない。

もう一度窓ガラスに目を移すと、今度は女が真横にいた。そしてなにかをいってきた。

最初は早口すぎてなにをいっているのかわからなかったが、やがて、カエシテカエ

シテカエシテ、と聞こえてきた。耳に直接かかる声だ。その声が延々続いて、次の駅に着いてもまだ聞こえている。

そのとき気がついた。

「あっ、あの花だ。余計なことするなってことだ」

次の日、枯れた花と同じ花を買って、それを手向けた。

だが、交差点のビルのガラスに女はまだ映っていて、そこでも「カエシテカエシテカエシテ」といってくる。

「きっと、好きな男性から手向けてもらった花を、俺が勝手に抜きかえたから、怒っているんだろう」と悟り、花を手向けるたびに「ごめんなさい、ごめんなさい」と手を合わせるようになった。

通行人たちは、Kさんのことを亡くなった人の親族だと思うのだろう。「かわいそうにね」という声が聞こえる。

「そういうことになるよな。いらないことをしたな」

Kさんは反省した。

いつの間にか、女は現れなくなった。

第五話　アクマ！

ライターのSさんが、大阪市内の公園を紹介する記事を書くため、取材をしていた。公園全体が巨大な砂場のようになっていて、その上にジャングルジムなどの遊具がある児童公園で、写真を撮ったり取材したりしているうちに、日が暮れだした。

お母さんたちが自分の子どもの名前を呼ぶ声がする。

「フミヤー、フミヤー」という声だけが、そのうち残った。

あたりも暗くなり、人影もなくなってきた。Sさんもそろそろ引き上げる準備をする。

「フミヤー、フミヤー、どこにいるの？　フミヤー」

呼ぶ声はまだ止まない。

カメラのケースが向こうのベンチに置きっぱなしだ。それを取りに行くと、そのベンチに小学四、五年生くらいの男の子がいた。その子は片方の手をベンチの背もたれの裏にまわして、なんだかえらそうに座っている。

なんかこいつ、生意気そうやな、と思う。

ベンチの端にあったケースにカメラを収めながら、

「キミ、フミヤ君？」と聞いてみた。すると、その子がニタァと笑っていった。

「僕、アクマ！」

「いや、フミヤ君でしょ？　お母さん、探してたよ。もう帰りなさい」

そう優しく語りかけたが、

「僕、アクマ、アクマ」と、くりかえす。

「フミヤー、フミヤー、どこ行ったの？　フミヤー」

お母さんの声が遠くのほうから聞こえてくる。

「お母さんが呼んでるよ。さあ、一緒に行こうか」

Sさんは、カメラを収めたケースを肩に下げると、座っている男の子の手をにぎった。

歩きだした途端、ずるっとバランスを崩して前へ倒れた。

なにが起きたのかわからない。

手を引っ張った瞬間、にょろっと伸びたように思う。

はっとして男の子を見た。

目の前に立っている、その子の片手だけが異様に伸びている。そして、「アクマ！」

といって、ニヤニヤと笑っている。

「うっわ！」

途端に恐ろしくなって、Sさんは起き上がると、すぐに駆けだした。すると後ろから、ものすごい力でぐっと肩を摑《つか》まれ、思わず振り返った。

男の子は十数メートル後ろにいる。しかし、その異様に長い手だけがSさんの肩を摑んでいるのだ。

「アクマ！」

Sさんは恐怖が高じて「やめろや！」とマジ切れして、その腕を振りほどいた。と、もう子どもの姿はない。

肩がチリチリと熱い。服をめくって見てみると、肩に赤い手の跡がある。

「あいつ、ほんまに悪魔やったんか……」

「フミヤー、フミヤー！　あっ、どこおったんや。心配してたんやで」

そんな声が聞こえた。見ると、さっきのお母さんが、ベンチにいた男の子と同じ年齢くらいの男の子を抱きしめて泣いている。その子も泣きながら訴える。

「変な子がいて、捕まってた」

「変な子？」

「アクマだって」

「えっ、なにそれ」

そのとき、Sさんは思った。

あの男の子が、ベンチの背もたれに片方の手を隠して座っていたのは、その異様に長い手を隠していたのではないか。その手はひょっとして、フミヤ君を摑んでいたのかもしれない。

第六話　踏切の少年

　Yさんが、小学六年のときの話だ。

　彼は当時、ジャニーズに憧《あこが》れていて、その事務所に入るにはバック転ができなきゃ駄目だと思い込み、フィットネスクラブに通っていたという。

　ある日のフィットネスクラブからの帰り道。

　踏切に差しかかろうとしたとき、警報機が鳴りだして、遮断機《しゃだんき》が下りてきた。

　時間は夜の九時を過ぎている。田舎のことで、あたりは暗く、人もいない。だが、いつからいたのか、線路を挟んだ向かい側に、Yさんより三歳くらい年下の、ランドセルを背負った男の子がいる。

　二人の間を電車が通った。

　遮断機が上がる。

　そのとき、男の子は遮断機のバーをぐっと掴んだ。バーは竹製だ。男の子はそれを離そうとしない。

　あっ、アホや、あのままやったら遮断機、バキッと折れるわ。知らんで。

Yさんはそう思って見ていると、男の子ごと遮断機は上がっていった。

あれあれあれ？

遮断機が垂直に立ったときには、男の子もそのてっぺんにいて、まるで鯉のぼりのような状態になった。

「わっ、すげえ。キミ、そんなことできるんだ！」

Yさんは男の子に向かってそう声をかけた。妙な感動が湧きあがる。

「すげーっ、すげーっ！」と、その男の子を見上げて拍手をしたが、さすがにこんな時間、あんまり大声を出すのはマズイと思い、男の子をそのままにして帰ったのである。

翌日、学校でその男の子の話をした。すると「そんなことできるわけないやん」「お前、バカか」とさんざんなじられた。

放課後、いつものようにフィットネスクラブに通った帰り道。

踏切にさしかかると、またランドセルを背負った男の子がいた。

警報機が鳴りだし、遮断機が下りてくる。電車が通過した。

男の子が遮断機のバーを摑んだ。そのまま遮断機が上がりだす。また同じことが起こって、鯉のぼり状態になった。やっぱり感動した。友達にいってもまた信じてくれないかもしれない。証人を連れてこよう、と思った。

この鉄道はローカル線なので、あと三十分は電車が来ない。多分、簡単に下りてはこられないので、男の子はその状態でいるはずだと思ったのだ。近くの友達の家まで走った。

玄関口に出てきた友達の手を引っ張るようにして、踏切まで行った。

だれもいない。

「昨日の男の子、さっきまであそこにおったんやけどなあ」と直立している遮断機の先を指差す。

「あのなあ、そんなんおらんて」

嘘つきよばわりされた。

しかし、次の日も同じことが起こったのである。

第七話　続・踏切の少年

あの子はいつも、この時間にあの踏切に来る。そして、おそらく僕を意識して、あんなことをしている。そうYさんは確信した。そうなると、どうしてもあの男の子に話しかけてみたいと思うようになった。

次の日。ちょっと早めにフィットネスクラブを出た。そしていつもの道を歩く。踏切にさしかかったが、いつも向かい側にいる男の子はいない。踏切を渡っていつも男の子が立つところで待つことにした。すると、なぜか強烈な睡魔が襲ってきた。寝てしまったらしい。

電車の音で目が覚めたら、男の子が遮断機と一緒に上がって行くところだった。

Yさんはそれを見上げながら、男の子の下へ行こうとした。

「こらあ、なにしとる！」

大声が後ろからした。振り返ると、踏切の警報機が鳴っていて、Yさんは線路の上にいたのだ。電車が来る。

「はよ、こっち来い」

おじさんに怒鳴られて、急いで踏切から出た。同時に電車が轟音《ごうおん》をたてて通過した。「危ないやないか」とおじさんに叱られたが、なにが起こっているのかよくわからない。あの男の子のことを話しても信じてくれない。

おじさんがいうには、この近くに住んでいるが、この踏切では昔から、たびたび飛び込みがあるらしい。この前は、若い女性が飛び込んだ。翌日、植木の手入れをしていると、庭の植木鉢から女性のものと思われる、右手首が出てきた。

「これはかなわん」

それからは、不審人物がいないか、踏切を注意して見るようになった。

すると、遮断機が下りているのにわざわざその下をぐぐって、線路の上に突っ立った少年がいたので、「こらあ、なにしとる！」と声をかけたのだという。

第八話　おばあちゃんのテレビ

Sさんは母方のおばあちゃんと、大阪の実家に一緒に住んでいた。

ある日、おばあちゃんはバイクに撥《は》ねられ、家に帰ることなく亡くなった。

その後、Sさんも転勤があってしばらく京都に住んでいたが、三年たって、大阪の本社に戻ってきた。また、実家に住むことになった。

そして、おばあちゃんが使っていた部屋で寝起きすることになった。

部屋には、おばあちゃんがいつも観ていたテレビがあった。このテレビがたまに勝手に点《つ》いていることがある。映っているのは、いつも8チャンネルだ。

Sさんはあまりテレビを観ない。DVDで映画や海外ドラマを観ることがほとんどなので、テレビが点いたとしてもDVD画面になっているはずだ。

仕事が終わって帰宅し、部屋に入ると8チャンネルが点いている。テレビを消して、寝る前にトイレに行って、部屋に戻ると8チャンネルが点いている。

あるときなど、DVDを観ている途中に友人から電話があって、話し終えて画面を観るとやっぱり8チャンネルになっていた。

不思議に思って母に聞くと、「あんたの部屋なんて、だれも入ってへんよ。あっ、でも、あんたがおらんときもよお、テレビ点いてることあるわ。テレビ消しに、何回かあんたの部屋に入ったことあるし」という。

「おいおい、勝手に部屋、入らんとってや」

「きっと、おばあちゃんがテレビ観てるんやわ」と、冗談めかして母は笑った。

年末、ボーナスが出た。Sさんは、念願の五十インチのデジタルテレビを買った。おばあちゃんのテレビは納屋にしまって、大画面でのDVD鑑賞に浸った。新しいテレビが勝手に点いたり、8チャンネルになったりすることもなくなった。

数日後、夢の中におばあちゃんが現れた。

「テレビの点け方がわからへんやないか」と怒鳴られ、びっくりして飛び起きた。リアルな夢で、おばあちゃんの息遣いまで耳に残っている。

なんや、今の。

朝起きて、洗面所へ向かう廊下で母と顔をあわせた。母がいった。

「おばあちゃんがな」

「えっ」

「テレビのリモコン、どれやって、いってはったわ」

納屋に入って、処分するはずだったテレビをまた部屋に運び込んだ。そして新しいテレビの横に置いた。古いリモコンもテレビの上に置いた。

今も、たまに8チャンネルが点いているそうだ。

第九話　バルサンはダメ

芸人のKさんが、学生だったある初夏のこと。

テレビを観ているとバルサンのCMをやっていた。そういえば、最近ゴキブリがよく出ることを思い出した。

「なあ母ちゃん、バルサン焚《た》こうや。ゴキブリよう見るで」

すると母は「あかん、あれを焚くとうち、不幸になる」という。

どういうことかと聞くと、「岡山のおばちゃんとこ、不幸が続いてるやん」と、こんな話をしだした。

おばさんの家には先祖代々の名前を書き記した、畳一枚ほどの長さの家系図があった。

ある日、その家系図を床の間の畳の上に広げて虫干しをして、バルサンも焚いた。

そして買い物に出かけたのである。

家に帰る途中、近所の奥さんから声をかけられた。

「今日は法事かなにかでしたの？」

「いえ、なにもありませんけど」

隣の奥さんにも聞かれた。

「今日は法事ですか？」

「いえ、どうしてですの？」

「だってお宅の玄関からお坊さんが出てきたと思ったら、ぞろぞろと二十人ほどの和服やスーツ姿の人たちがついてきて、あっちのほうへ行きはったよ」という。

その道の先には、先祖代々が眠る墓しかない。

「親せきの人たちかと思ったんですけど、違うんですか」

慌てて玄関に飛び込んで、家の中を見た。別に異常はない。

夜になっておじさんが帰ってきた。そして床の間に入った途端「わあ、えらいこっちゃ」という声がした。なんと、虫干しにしていた家系図が真っ白になっていたのだ。

「きっとバルサンの効力でご先祖様がどっかへ行きはったんや」と母はいう。

その直後、おじさんが亡くなり、息子夫婦は二人とも病気で入院。家も借金を抱えて、そのおばさんも入院中である。

「『バルサン焚いたら不幸になるのよ』と、母はいいます。そんなこと信じてませんけど」

Kさんは笑った。

第十話　走る靴音

私は大阪で、漫画家や作家志望、あるいは放送、映像業界に行きたいという若者を養成する、作劇塾という私塾の筆頭をしている。

その総務を私の教え子で、作家のS君にまかせている。

ある夜、一時ごろ、S君から電話があった。

「お化けがいるんですけど、どうすればいいでしょう」という。

「お化け？」

「今、教室の外を走っています」

そういえば、電話の向こうで物音が響いている。

残業していて、煙草に火をつけたという。すると、エレベーターの音がして動きだした。そして七階で停まったのだという。七階にはこの教室しかない。

エレベーターの扉が開いて、靴音がする。ビル内は禁煙だ。S君はとっさに煙草の火を消し、仕事をしているというふりをした。靴音は、教室のドアの前でピタリと止まったきり、ドアを開けようとしない。

——あれ、おかしいな。

と、ドアを開けて様子を見ようとした瞬間、その何者かは教室の外を走りだし、長い廊下を何度も往復するような音が深夜のビル内に響きだしたという。

彼がその音の主をお化けだというのはわかる。なぜなら、そこは廊下などなく、エレベーターを降りると狭いエントランスがあって、すぐ教室のドアがある。右はすぐ非常口、左はすぐトイレになっている。

それに、ビルは閉まっていて、外部からはだれも入れないはずだ。

だが、確かに電話越しに、タァン、タァン、タァンと何者かが走っているような残響音は聞こえている。

「怖いんですけど、僕どうしたら……」

「仕事は終わった？」

「いえ、残ってます」

「じゃあ、終わらせてから帰ってくれ」

そういって私は電話を切った。

第十一話　謎の通信

数年前のことである。

夜の十時頃、私の書斎の電話が鳴った。表示は、私が運営している塾からで、「FAX送信」とある。そのまま待機していると、なにも送信されずに切れた。

あれ？

するとまたすぐ、電話が鳴った。同じ表示があってまた切れた。

そんなことが四度続いた。

塾の教室にだれかがいるとすると、総務のS君しかいない。

なにしてるんや？

そう思ってS君の携帯電話を鳴らした。するとすぐに出た。

「あっ、すみません。何度もお電話いただいてたんですが、取れませんでした。なんでしょう？」

何度も電話？

「俺、今初めて電話したんやけど」

「えっ、だって先生からの着信、残ってますよ。四回ほど」

「今、どこにいるの？」

「帰る途中で、チャリンコ乗ってます。それで電話、取れませんでした」

「教室、だれかいる？」

「いえ、僕が鍵《かぎ》閉めました。なにか？」

その時間、教室は無人だったのだ。


こんなこともあった。

ある代理店から怪談ゲームの仕事をもらって、そのシナリオをライター志望の塾生たちに分担して書いてもらった。

メインライターはT君。彼が塾生たちのシナリオを管理している。

締切日の夕方、「今から原稿をFAXしますので、添削お願いします」とT君から電話があり、私はその夜ずっと待機していた。だが結局、原稿は送られてこなかった。

次の日、締切を落とすとは、とライター全員に説教をしたが、T君は「僕が預かって確かにFAXで送りました」という。

「でも、来てないぞ」

「故障してませんか？」

「してない。ほかの仕事の資料はちゃんと届いてる」

それから半年ほどしたクリスマスも近いある夜のこと。コールも鳴らずに、いきなりＦＡＸが作動しはじめた。

なにかの原稿らしきものが、延々と四十枚ほど送られてくる。

なんや、と見たら、怪談ゲームのシナリオ原稿だった。

送信履歴は、七月十八日。原稿締切の日付であった。

第十二話　抱擁

作劇塾を始めた当初は、教室を持たず、私の住むマンションの一室に、塾生たちを集めて行っていた。漫画実践のカリキュラムは、私の教え子の漫画家に授業を担当してもらっていた。

ある日の午後、漫画の塾が始まった。本棚と衝立《ついたて》で仕切られたもう一室が、私の書斎である。私は徹夜で原稿を書き上げていたところで、眠い。

仕事用の机と本棚の間に、なんとか布団が一枚敷ける。隣で行われている講義を聞きながら、まどろみはじめた。

と、背中越しに、人の気配を感じた。

こんな感覚は初めてだ。後ろは見えないのに、確実に人が立っている、というのがわかる。女だ。若い女だ。いや、これは気のせいだと思いこむ。だが、なんとも知れない違和感が全身に伝わる。じとっと、冷や汗が出る。

背後はすぐ本棚で、人が立てる場所などない。だが、確実にいる。私を見下ろしている。

すっと、背後のものがしゃがんだ。そして横になっている私の後ろで、同じ体勢になる。

振り返って見てみたい、という気が起こった。

その瞬間、どん！　体に衝撃がきた。

「うっ！」

思わず声が出た。

ものすごい力で抱きしめられた。女の両腕が私の体をぎゅぅと締めつけ、まるで体が動かない。そして息苦しい。

人体の感触が背中にある。それは人肌ではなく、微弱な電気の塊《かたまり》のようである。

びりびりびりと若干のしびれが体に伝わる。

その間、まったく体が動かない。体感にして十分はあったと思うが、実際には一、二分の出来事だったのかもしれない。

ともかく恐ろしい力で抱きしめられた。そしていきなり、ふっと気配が消えた。なにがなんだかわからなかった。

起き上がって、衝立の上から顔を出して、漫画を描いている塾生たちを見たら少し落ち着いた。

授業が終わると「先生、ものすごい声でうなってましたが、どうかしたんですか」

と何人かの塾生に声をかけられた。

ある塾生がいった。

「生霊には気をつけてください」

第十三話　魑魅魍魎

私は怪談を書き、語るだけではなく、出ると噂されるスポットに行く仕事を依頼されることが多いのだが、ほとんどなにも感じない。周りにいわせるといろいろあるじゃないかということだが、本人としてはそういう自覚はないのである。怪談と、いわゆる霊感といわれるものは、まったく関係のないものだと私は思っている。

ただ、そういうことがわかる人からすれば、私はあまりにも鈍感らしい。

いや、鈍感よりさらにひどい。

あるホテルの廃屋を取材した。幽霊が動画に写ったという場所で、目撃者も多数いる。その目撃者たちと夜中に検証していると、だんだん重い空気が去り、爽《さわ》やかな風が建物の中を流れだした。それ以後、出るという噂を聞かなくなった。

また、怪談雑誌『幽』の取材で鎌倉《かまくら》を訪れたとき、タレントの北野誠《きたのまこと》さんと、漫画家の伊藤三巳華《いとうみみか》さんの二人が、「あそこにいる」とか「来てるよ」とかいっているのだが、私はなにも見えず、感じずで、「中山君、少しは幽霊を見る努力をしたらどうや」と誠さんに怒られてしまったことがあった。

努力ったって、どうしたらいいの？　おかげで伊藤三巳華さんからは、〝午前〇時の爽やかウィンドウ〞という名前をつけられてしまった。

わからないからこそ私は、危険な場所に平気な顔でいる、とよく指摘される。

怪談をスタジオで聞き語るというテレビ番組があった。私は放送作家としてこの番組の構成を担当していて、本番中、スタジオの隅で本番に立ち会っていた。そこから収録の様子がよくわかるのだが、いつも周りに人がいない。

「あのね先生。あそこ、霊の溜《た》まり場になってますよ。みんな近寄らないでしょ？　これからはあまり近づかないほうがいいですよ」と、出演していた霊感タレントのIさんから注意を受けたこともある。

番組が終わると、番組にも出ていただいている霊能者のS先生の前にスタッフたちが並んで、順番に祓《はら》ってもらう。

私はまったく平気なので、その列には参加せず、いつもそのまま帰っていた。

ある日、収録後、帰り支度をしている私にS先生が声をかけてきた。

「あなたはいつもお祓いをせんと帰っているようやが、なぜ、お祓いを受けないのですか？」

「すみません。そういうの信じていないんです」

「信じる、信じないの問題やない。あなた、今、えらいことになっていますよ」

「はあ？」

　Ｓ先生の形相がすごい。

「毎回、怪談を語る番組に立ち会っていて、しかも霊の溜まり場に陣取って。今、あなたの背後に、魑魅魍魎《ちみもうりよう》が憑《つ》いていますよ」

「ええっ、本当ですか？」

「このままやったら、あなたの体に異変が起こって大変なことになる。まず助からん。今度の日曜日、私のところへ来なさい。お祓いをしてあげるから。いや、お金はいらん。あなたの命に関わることや」と、私の背後をしげしげと見ている。

「今日はこれからお祓いをやってあげるけど、こんなんじゃ、霊たちは消えんからな。いいですね、今度の日曜日、必ず来なさいよ」

　そういって、「やあ！」と私に向かって気合をかけた。

　その途端、Ｓ先生の顔が、あれ？　という表情になった。

「魑魅魍魎、どっか行ったなあ」

　Ｓ先生によれば、魑魅魍魎たちがいっぱい私の背後にいてうごめいていたが、まったくそれに気づかない私のことが、面白くなくなっていたらしい。

「あなたから逃げるきっかけがほしかったんやろな」

　Ｓ先生は、ぽつりとそんなことをいった。

第十四話　呪いの原稿

以前、「幽ブックス」から『怪異実聞録・なまなりさん』という怪談本を上梓《じょうし》した。私には珍しい、呪い系の長編実録怪談であった。とにかく、関わった人間は、死ぬか、狂うか、行方不明になるか。そんな忌まわしい話であった。

その原稿を書いているときのこと。打ち合わせのため、夜遅い時間に、編集者が私のマンションを訪ねてきた。いろいろ話をしているうち、編集者がふと顔を上げて、不思議そうな表情をした。

本棚で仕切ってある書斎の照明がそこから見える。その照明が、さっきから点《つ》いたり、消えたりしている。

「中山さんとこの電気は感知式ですか？」

「なわけないやん。部屋の照明が感知式って、ヘンやん」

「ですよねぇ……」

でも、点いては消え、消えては点く、を不規則にくりかえしている。

と、書斎から、パチッ、ジーという音がしだした。

「なにか、立ち上がりましたねえ」

「うん、ワープロみたいやね。勝手に電源が入ったねえ」

「あの、ひょっとして、今、ヤバい原稿書いてます？」

プリンターが動きだした。なにかを印刷している。

「今な、すごい呪いの話が取材できたので、本のための原稿を書いているとこ」

「そうですか……。じゃ、僕、これで帰ります」

「待て待て待て！」

帰りかける編集者を私は必死で押しとどめた。

「そういわんと、今晩は朝まで呑《の》もうや」

無理やり編集者を朝までつき合わせた。

ワープロの電源は切れていて、なにも印刷されたものはなかった。

第十五話　受信番号

テレビ番組の収録で、真夜中の京都東山《ひがしやま》周辺を散策した。

このあたりは、明治以前には粟田口《あわたぐち》の刑場があり、その慰霊碑《いれいひ》が建っている。また、現在も奇妙な噂が数多く囁《ささや》かれている。

体験者が、この近くのホテルで遭遇した怪奇を語る。ホテルのあった場所は、その昔墓地であったという。

そういえば、東山東麓《とうろく》には、霊園の看板がいくつもある。

ここからも「K霊園」という大きな看板が見えている。

そのとき、マネージャーのN君の携帯電話が鳴った。

「こんな夜中にだれや」といいながら、電話に出た。

すぐに「えっ」と小さく叫ぶと、電話を見つめた。

「これ以上詮索《せんさく》するな、で、すぐ切れました」という。

「だれから？」と私。

N君は発信者番号を見ながら、首をかしげる。

「知らない人ですね。０７５、京都ですねえ」といいながら、N君の顔色がみるみる変わった。

「どうした」

「あそこからです」

携帯電話に表示されていたのは、「K霊園」の看板に書かれた電話番号だった。

第十六話　噂のログハウス

専門学校で講師をしていた頃のこと。

教え子のK君がアルバイトをしているキャンプ場には幽霊が出るという。地元の市が経営する施設だが、事務局は金銭面の管理をするだけで、企画の推進、実行、キャンパーたちの世話や管理等実務は「カウンセラー」という役職の人たちが実践しているらしい。

施設内にはログハウスがいくつかあり、メンバーが手分けして掃除することになっている。K君が入ったとき、なぜかみんな真剣な顔でジャンケンしていた。

負けた人が「Sの間」というログハウスを清掃することになっているという。なにも知らないK君が、「いいですよ、ボクやっときます」というと、「じゃあ、まかせるよ。けど、今度から絶対キミもジャンケンに参加することになるよ」と先輩たちにいわれた。

Sの間は、施設の一番奥にある建物である。お客から予約が入ると、手前のログハウスから埋めていくため、たいていは空いているそうだ。

夜の清掃の時のことだ。鍵《かぎ》を開けて、玄関から中へ入る。廊下や階段に煌々《こうこう》と電気が点いている。これは、おかしい。点検は日に何度も行われ、使っていない場所は必ず消灯されているはずだ。第一、窓から漏れる明かりは一切なかったのだ。

一階はバスルーム、トイレ、物置。その全室の全部の電気が点いている。まず、電気を消して回った。

二階は宿泊室。階段を上がると、やはり全室の電気が全部点いていて、テレビも点けっぱなし。初夏だというのに暖房がついていた。これは、点検漏れ、というレベルのものではない。それに、なぜかさっきまで、人がいたという気配もある。

K君も、先輩たちが嫌がっている原因がわかったような気がした。

掃除を終えると、トイレットペーパーの入れ替え作業だ。

和式トイレのドアを開けて、ギクッとする。

さっき消したはずの電気がまた点いている。いや、それより先に目に飛び込んできたのは、備え付けのトイレットペーパーが床にひとつ落ちていて、そのペーパーが全部ほどけてぐるぐるとトイレの中を舞っていたことだ。その先端は上の換気孔のところにあり、ひらひらとはためいている。慌てて換気扇のスイッチをオフにすると、舞っていたトイレットペーパーがまるで生を失ったようにパサリと落ちて、床はトイレットペーパーだらけになった。

さすがにヤバい。

K君は事務所に報告に走った。

すると、「へー、今日は派手にやってんな」といわれた。

「全室の電気が点《つ》いてたやなんて、キミ、歓迎されてるのかもね」

「歓迎って、だれにですか」

「幽霊。出るんよ、あそこ」

「そんなもん、いるんですか」

「信じないのなら助かるなあ。じゃあ、次からあそこの担当してくれる？　それともジャンケン……？」

それから半年、K君は真剣な面持ちで、毎回ジャンケンに参加しているという。

第十七話　内線電話

Sの間は、なるべくお客に貸さないように、という暗黙のルールがあるという。その理由はいくつかある。

ひとつは、やはりクレームが多いということだ。

泊まったお客のほとんどが、「あそこ、なんかヘンですよね」と怪訝《けげん》な顔をして帰る。

真夏に部屋に入ると、中は異様に寒い。冬はむわっとした厭《いや》な暑さがある。どうやら、冷暖房装置が勝手に入って、夜中じゅう作動しているようなのだ。だが、この冷暖房装置は有料制で、コインを入れないと作動しないはずだ。

冷蔵庫を開けると、中がカチカチに凍っていて、大きな氷の塊ができている。

夜中に何度も内線電話が鳴る。

内線は、管理事務所直通のもので、ほかには一切つながっていない。また、事務所から電話をすることもない。しかし、しきりにコールが鳴るというのだ。

「いいかげんにしろよ」というお客さんに、「すみません、どうやら電気系統の故障のようです」と対応することになっているが、カウンセラーたちは、内心「あっ、出たな」と思っている。

あるとき、カウンセラーの女子三人がその真偽を確かめようと、Sの間に一泊してみたことがあったそうだ。

最初なんの異常もなく、夜も遅くなったので寝よう、ということになって電気を消した。

すると、闇に包まれた部屋の中で、カチッと音がして暖房装置が作動しだした。と、同時に内線電話が鳴りはじめたのだ。

「えっ、これ、だれが鳴らしてんの？」

電話が鳴るわけがない。事務所に詰めているはずの三人はここにいる。事務所は空《から》で、鍵が閉まっている。

勇気をふるって、おそるおそる、受話器を取った。

「はい、もしもし」

ヒューと風の音のみがしていて、ガチャリと向こうから切れた。

「きゃあ！」

三人はすぐに事務所に戻ったが、鍵はちゃんと閉まっていて、だれかが入った形跡もなかった。

第十八話　一人客

　K君がカウンセラーになったとき、Sの間をなるべく使わない、もう一つの理由を聞かされていた。

「電話予約で、Sの間を、という指定がときどきあるんだな。何名様って登録していても、来るときは一人、ということが何回かあってな。これ、百パーセント、自殺が目的なんだ。現に何人か、あそこで首吊《つ》ってるよ」と先輩はいう。

「たとえば、どの部屋ですか？」とKさんが聞くと、

「俺が見たのはトイレだね」といわれ、ゾクッとしたという。

　最近は、一人で来たお客は、満室だとか予約が入ったとか言い訳をして、必ず事務所の隣のログハウスに泊まっていただくことにしているそうだ。

　すると、こんなことがあった。

　夜中、澄んだ山の空気を伝わって、隣からはっきりと聞こえてきたのだ。

　バン、スルスルスルッ、キュ。

　カウンセラーたちは飛び出して、隣のログハウスへ急ぐ。

鴨居《かもい》にベルトをひっかけて首をくくろうとしているお客に向かって、思いとどまるよう説得する。そんなことが半年の間に、二度あった。

　その、バン、スルスルスルッ、キュ、という音が、お客のいないはずのSの間から聞こえたことがあるそうだ。K君が夜、掃除をするために和式トイレのドアを開けたら、点けていたはずの電気が消えていたという。しかし、他に異常はなかったので、ドアを閉めた。その途端、中からドン、と扉を叩《たた》く大きな音が聞こえた。

「首吊りの足が宙に浮いて、それがドアにあたった、なんかそんなイメージが浮かんで、ゾッとしましたよ」

　そして、私を見てこう続けた。

「だからね、ここ、先生が取材されたらいろいろ出てくると思うんですよ。Sの間、手配しますので、一泊どうですか？」

　怪奇蒐集家《かいきしゅうしゅうか》の血がさわいだ。

「だったらそのログハウスで、夜通し怪談会やるってどお？」

　私の呼びかけに二十三人の教え子が手を挙げてくれた。

第十九話　写らない場所

十年ほど前の晩秋、私を含めて二十四人の男女が、そのキャンプ場を訪れた。時間は夕方前。もう肌寒い季節で、ほかにここを利用するキャンパーはいないようだった。

ログハウスはSの間を含めて三棟借りた。

K君に案内してもらう。ログハウスが数棟建ち並ぶ一画の奥に、Sの間と札のかかった建物があった。おしゃれで立派な木造二階建てだ。背後はすぐ山である。

中に入るとまずほぼ中央に階段があり、右手は廊下でその先は倉庫。左手には二つのドアがある。例の和式、洋式のトイレである。

不思議なことに洗面所に、鏡がない。

「あ、それ、最初はあったそうなのですが、僕が来たときはすでになかったんです。妙なモノが写りこんで、悲鳴をあげたお客さんが何人かいたとかで、外したそうです」

「妙な、モノ？」

「聞くところによると、顔洗ってふっと鏡見たら、背後に足がぶら下がっていた、とか」

「マジで……？」

学生たちはトイレのドアを開けて、写メールを撮ったりしている。

「二階へ行きます」

階段を上がるK君の後を、みんなぞろぞろとついて上がる。上がりきるとドアが二つ。

「あっ、また」と、ドアに鍵《かぎ》をさしこんだ瞬間、K君の声が漏れた。

「ドア、開いてます。絶対にそんなことないんですけど、ここはしょっちゅう」

「閉め忘れと違うの？」

「それがないよう、僕らカウンセラーが何度も見まわっているんですよ」

中に入ると、なかなか広い。フローリングの床で左右対称の部屋だ。右の壁ぎわに冷蔵庫、左の壁際にテレビがある。

普段は真ん中で仕切って、二部屋として使っているそうだが、今日は、円座になって怪談会をするので、仕切りを取っ払って広間にしてくれたそうだ。

中が凍るという冷蔵庫の扉を開けてみたが、なにも入っていない。

「なんだか、寒い風がきますね」

そういえばそうだ。

「窓、全部閉まっているんですけどね」

でもさっき、確かに風が吹き抜けたように思った。

「先生！」

奥の部屋から、女の子たちが私を呼んだ。そこには、二段ベッドが二つ置かれている。

「これ、見てください」とデジカメの画面を見せられた。今、ベッドルームを撮ったものらしい。二段ベッドと外光の残る出窓の映るいくつかの画像がある。二つ、真っ黒でなにも写っていない画像があった。

「フラッシュ焚《た》いているのに。ここです」と、ある一画に向けてフラッシュを焚いてシャッターを切る。だが、やはり画面は真っ黒だ。その一画だけ、写真として残らないようだ。

ベッドルームに入ってきたK君は、女の子たちの話を聞くと、こういった。

「そこ、首吊りがあったとこ」

悲鳴をあげて女の子たちは出て行ってしまった。

「先生、ここ、手を入れてみてください」

ベッドルームの端にあるクローゼットを開けて、K君がいう。クローゼットの奥に手を入れて伸ばしてみると、明らかに冷たい空気の塊《かたまり》がある。

「なにこれ！」

周りとの境界線もわかる。一抱えほどの大きさの、冷たい空気の四角い立方体が、そこに存在している。

「でしょ？　ここは隙間もない閉じられた空間なんですが、いつもそこに冷気の塊があるんです。これが夜中に出てくるようでして」

「出てくる？」

わっ！　とまた、階下で奇声が上がった。私はクローゼットを閉めると、下のトイレへと向かった。

トイレの中が騒がしい。学生たちがトイレの中を写真に撮っていたが、一枚だけ、トイレ全体がぐにゃりと渦を巻いたように曲がったものが写っていた。

「僕も、トイレ撮ろうとしたんですが、シャッターが全然下りないので、諦《あきら》めたんですけどねえ」と、その写真をのぞきこんで、別の学生がぼやいた。

なにかあるな。

さすがの私も、そう思った。

第二十話　止まる足音

　夜十一時。怪談会が始まった。

　Sの間の二階に、全員がフローリングに座って円座になる。

　ほかに宿泊客もいないため、窓の外は、何本かある外灯以外に明かりはなく、闇に沈んでいる。

　部屋の電気を消し、蠟燭《ろうそく》は安全上使えないので、ランタンを一つ真ん中に置き、話す人の前に、懐中電灯を置くことにした。休憩以外は席を立たない、とルールを決めて、まずは私が一話披露した。

　会が始まって間もなく、下の玄関のドアがガチャリと開いて、そのままタッタッタッと廊下を小走りして階段を上がってくる音がした。

　一瞬、遅れて参加する学生たちが来たのかと思ったが、そんなはずはない。二十四人、全員がいることを確認して会は始まっている。

　じゃ、だれだ？

　ところが階段を上がりはじめたその何者かは、トントントン、と、三段上がったとところでピタリとその足を止めて、そこから上がって来ない。

また、私の背後は押入れであるが、その押入れの引き戸の間から、ひゅうひゅうと冷たい風がきて、背中や後頭部のあたりにかかるのだ。

九十分ほど怪異を語り合って、休憩とした。

電気が点《つ》いた途端、「下、だれかいますよねえ」と堰《せき》をきったように何人かの学生が、玄関のドアが開いてからの音の話をしている。私が聞いたのと同じだ。

「ちょっとお、トイレ行けないじゃないですかあ」と、もう怖がっている学生もいる。

私は押入れを開けてみた。上を見ると、天井板が外れていた。

K君を呼んだ。

「あそこ、外れてんで。なんか風がきてると思ったら」

「本当ですね。ちゃんと直しておきます」と、K君は押入れの二段目によじ登って、天井板に手をかけ、きっちりとはめ込んだ。

「トイレにも階段にも、だれもいなかったですよ」と、トイレから帰ってきた学生たちは口々にいいながら、席に戻った。

怪談会の第二部が始まった。

第二十一話　声

休憩中、K君が私に年代物の木刀を見せてくれた。

「なんやねん、これ？」

持たせてもらうと、ズシリと重い。先端は削られていて、あちこち傷がある。

この傷は、何代も前の実践剣法のU派の師範が真剣と戦ったときにできた傷らしい。

この木刀は、樹齢千何百年というK神社の御神木から創られたもので、U派を開いたU家代々に伝わるものだそうだ。

「それを、なんでお前が持ってるの？」

「僕は小さい頃からその道場に通っているんですが、ある日先生に『お前の生年月日いつや』って急に質問されて、答えたら『よし、これ一週間預けるから持っておれ』ってこの木刀を渡されたんです。一週間たって返しに行ったら、なんともなかったか聞かれて、特に、と答えたんです。そしたら『これはお前のものとして改めて授けるから』っていわれて。僕は先生と同じねずみ年で生年月日も同じなんですって。先生には跡取りがいないらしくて、僕が授かったんです。でも理由がもう一つあって、この木刀をU家の者以外が持って帰ると、一日、二日はまあなんともなくっても、一週間もすると生気を吸い取られたように衰弱するんだそうです。それでたいてい、預かっても四、五日で必ず返しにくるらしいんですが、僕はなんともなかったので……」

今、この木刀はK君の護身刀となっているという。


さて、二部が始まったが、しばらくすると、三段目で止まっていた足音がまたトントントンと、今度は四段上がってピタリと止まり、その瞬間、後ろの押入れからまた風が吹きはじめた。

気にせず怪談会を続けていると、ううっという妙な唸《うな》り声が、部屋のどこからかした。

みな、押し黙った。

するとまた、ううっ、とかすかに男の声。

「した！　どこからや」

すると端に座っていた学生が「あの、僕の後ろの冷蔵庫の中から声がしました」という。

「冷蔵庫の中？　嘘やろ」

周りにいた学生たちも口々に、「いえ、僕も聞きました」「私もそこから聞こえたんやけど、えっ、まさか……」

臨時の休憩を宣言して、電気を点けた。

「開けてみ」

近くにいた学生が、おそるおそる開けてみた。

すると中には、冷蔵庫の収納庫大の大きな氷の塊があって、中にいれておいたジュースや缶ビールがもう氷の中に閉じ込められている。驚いて冷蔵庫のコンセントを抜いた。それにしても、あのうめき声はなんだったのだろう？

「先生の後ろの押入れ、なんかいますよ」とある学生がいいだした。

「気持ち悪いこというなよ」

「本当です。さっき先生が怪談語ってたとき、引き戸がかすかに開いて、人がこっちを覗《のぞ》いてました。暗くてはっきりと見えませんが、確かになにかいてますって」

そういえば、その学生がしきりに、こっちを気にしていたのはわかっていた。

押入れを見ると、きちんと閉じていたはずの引き戸が、わずかに開いている。開けてみた。だれもいないが、また、天井板が外れている。

K君にまた板をもと通りに直させて、消灯すると、怪談会を続行した。

第二十二話　壁を叩く音

怪談会は、その後三部、四部とオールナイトで続けられた。

三部が終わった休憩時のこと。

私もトイレに行った。噂の和式に入ろうとして、いったんドアを開けたが、厭《いや》な感じがした。ドアを閉め、隣の洋式に入った。

出ると、学生のM君が待っていた。

「隣、空いてんで」

そう私がいうと「さっきの休憩のとき入ったら、上の換気扇が急にガァーって唸《うな》るような音を出したんですよ。途端にトイレットペーパーの話を思い出して、ちょっと無理です」という。

二階へ上がって、第四部の準備をする。そろそろ始めようかと人数を確認すると一人足りない。

すると、がたん、という妙な音が下から響いてきて、同時にすごい勢いで階段を駆け上がってくる音がする。そして、K君が部屋に飛び込んできた。

「えーっ、人数確認します」

点呼をとりだした。なぜかその顔は蒼白《そうはく》で、手が震えている。

「おいおい、みんな揃ってるで。キミで全員や」

「そんなはずありません。二人ほど、下にいます」

K君は、洋式のトイレに入って用をたしていた。すると隣の和式トイレから、もそもそと人の話し声が聞こえてきた。

二人いる。

えっ、トイレに？

その途端、間仕切りの壁をドンドンドンドンドン、と叩《たた》く音がした。壁が倒れるかというほどすごい力だったという。びっくりしてトイレを飛び出したが、これはだれかの悪戯《いたずら》に違いない、と思って、すぐに点呼をとったのだという。

第二十三話　護身刀

オールナイトの怪談会は早朝六時ごろ、おひらきとなった。

怪談会を行ったからなのか、もともとそういう場所なのか、空気が重く、ベランダのカーテンを全開にして、朝日を入れているのに、爽《さわ》やかさというものが微塵《みじん》もない。

だからだろうか、怪談会の途中に、だれかがベランダを通ったとか、ベッドに白い生首があったとか、床に手が生えていたとか、他愛もない話が次から次へと出てきた。

ずっと風が吹きこんできた押入れを開けると、また天井板が外れている。直しても直しても外れる板も奇妙だが、そこから風が吹きこんで、襖《ふすま》の隙間から出るものだろうか。

向こうでは、女の子たちが雑巾《ぞうきん》がけをしている。例の冷蔵庫の下が水浸しになっていて、開けると氷の塊はなくなっていた。これだけの量の水がどうして冷蔵庫の中にあったのだろうか。

奥のベッドルームをもう一度写真に収めようと試みる学生たちもいる。やはりあの一画にレンズを向けてもなにも写らない。それにしても、このベッドルームが凍るように寒いのだ。

「ちょっと寒すぎへん？」

「さむっ。なんですか、この部屋」

クローゼットの中にあった冷たい空気の塊が、ベッドルームいっぱいに広がっているようだ。クローゼットは、いつの間にか全開になっている。

広間全体に漂う厭な空気は、そこからきているような気がした。

そこにK君が、あの護身刀をもってやってきた。

「ちょっとみなさん、どいてください」

K君は木刀の先を、ベッドルームの入口からおそるおそる差し入れた。

バチッ、木刀の先に火花が散った。

「えっ、なに？」

みんながそれを見、聞いた。

もう一度、ベッドルームに木刀をかざす。バチバチッ。さっきより小さい火花が二つ。

その瞬間、周囲の空気がふっと軽くなり、異様な暗さがなくなって部屋も明るくなった。

そして、全員なんのトラブルもなく、帰路についたのである。

第二十四話　再　訪

去年の秋、久々にそのキャンプ場を訪れた。もちろん、Sの間を借り切ってオールナイトで怪談会をすることが目的である。今回は、私の呼びかけで、怪談好きなお客さん二十数名が参加した。

怪異がまた起こるかもしれない、という期待と同時に、いや、起きてほしくない、という思いもある。

お客さんたちが、各自の部屋に入って休憩をしているうちに、私とスタッフのA君と二人で、ひと足先にSの間に入って、ロケハンをした。A君には、怪談会の様子のドキュメントを映像として残してもらうことになっている。

二階に上がると、前回同様、間仕切りがとっぱらわれていて、広間になっている。冷蔵庫などもあのときのままで、懐かしい。

引き戸の押入れもある。開けると、天井板はかっちりはまっている。

今のうちに、押入れの中などをカメラに収めてもらおう、そう思って、廊下で写真を撮っているA君を呼ぼうと、廊下に出た。

すると、こちらを振り向いたA君が、ひどく驚いたのだ。

「先生、なんでそこにいるんですか？」

「なんでって、広間をビデオに撮ってもらおうと思って」

「先生、今、下に下りていきましたね」

「はあ？」

「今ですよ。そこの階段を下りて、玄関で靴履《は》いて、表に出ましたよね」

「いや、ずっとここにいた」

「いや、あれは絶対先生ですって。黒いスーツに長髪、後ろ姿見ましたよ。玄関のところでゴソゴソ音がして、玄関のドアが開いて、そのとき、ここまで風がきましたよ」

「お前、なにいってんの？」

「いや、さっきですって」

A君はパニくっている。

さっき階段を下りて、外に出た人間が、その瞬間に背後から現れたことが、彼には理解できなかったようだ。私は以前右足を骨折したことがあり、歩き方に少し特徴があるのだが、それまで同じだったという。

ずっと私が広間にいたことを説明すると、「おもろ！　ここ、おもろいです」とA

君はハイテンションとなった。

やっぱり怪異は現れた。

ところがその夜の怪談会は、朝まで行ったのに、なにも起こらなかったのである。

A君の話を書いて、結局その後はなにも起こりませんでした、とブログを配信したら「きっと幽霊は、幽霊を退《しりぞ》けてしまう先生の姿を見て、逃げていったのでしょう」というコメントが付いた。

第二十五話　渋滞の原因

ある初夏、Aさんは友人数人と車で伊勢《いせ》湾へサーフィンをしに行った。

伊勢道路に入ると、反対側車線が渋滞している。

「最近、いつもここ渋滞してるよなあ」

「そやな、俺も先々週ここ通ったけど、やっぱり事故があって、渋滞してたわ」

「なんという道でもないのに」

さて、サーフィンを楽しんだ帰りのことである。

同じ伊勢道路を逆に走る。Aさんが運転したが、このときは渋滞もなく、夕暮れの高速を百二十キロで飛ばしていた。と、道路の先の路肩あたりに、女と子どもがいるのを発見した。

「あれ、ここ高速やのに、なんで？」

「事故でもあったんかなあ」と、助手席の友人がいう。

スピードが出ているので、二人にぐんぐん近づいていく。

お母さんと女の子のようだ。

こちらに向かって歩いている。

「停まるべきかな」

そう思ったが、体は疲れているし眠い。

悪いなと思いながら、車の中からすれ違う二人の親子の様子を見ようと、皆は車窓に目をやった。と、親子が真横に来た瞬間、その二人はピタッと静止して、そのまま百二十キロのスピードで走る車と並走した。

「わあ！」

車内は一斉にパニックになり、Ａさんは急ブレーキを踏んだ。

路肩につけて、ハザードランプを点滅させた。

「あっ、こういうことか！」

だれかが叫んだ。

そこには歪《ゆが》んだガードレールや発煙筒の跡がいっぱいあったのだ。

第二十六話　汚い部屋

美容師の専門学校に通うM君は、田舎から都会へ出てきて独り暮らしを始めた。夜通し遊んだり呑《の》んだりできるぞと、期待していた。

ところが専門学校の同期生たちのほとんどは、実家暮らしで、夜遊びをしている者もいない。期待を裏切られた。

そんな中、K君という大学生と知り合った。

彼も独り暮らしだというので、家に遊びに行くことになった。

ワンルームマンションのドアを開ける。

足の踏み場がない。床は雑誌やカップ麺《めん》の容器、さまざまなゴミがちらばっていて、灰皿の中からは煙草の吸殻や灰がこぼれ落ちている。台所も洗っていない皿が積み重なったままだ。

なんとかスペースを作って、そこに座った。

「しっかしなんだな、男の俺でもうんざりするほどの汚さだなあ」

部屋を見回すと、本棚に収まっているコミックやDVDなどはちゃんと整頓《せいとん》されている。棚には埃《ほこり》一つない。

「お前、漫画とか好きか。ここに注ぐ労力を、もうちょっと部屋全体に活かせば、ちょっとは綺麗《きれい》になると思うよ」

するとK君は、「ああ、それ、俺じゃないんだ」

「俺じゃない？」

「片づけてくれるんだ」

「あっ、彼女でもいるの？」

「いない、けど、片づけてくれるの、女の人だと思う」

「は？　どういうこと」

よくわからなかったが、それ以上の詮索《せんさく》はしなかった。さして話題もなく、棚にある漫画を抜き出して読みはじめた。

二人の若者が汚い部屋で黙々と漫画を読みつづける。

床に読み終えた漫画が積み重なっていく。まとめて本棚へ戻そうとした。すると、

「あっ、戻さなくていいから」とK君にいわれた。

「なんで？」

「寝たら戻るから」

「意味わからん。お前が戻すってことか？」

「だから、女の人が片づけてくれるんだって」

「いっておくけど、俺、寝る気ないよ。朝まで遊ぶよ」

いつの間にか寝落ちしていた。起きたら朝で、見ると本棚に漫画が戻っていた。ちゃんと巻数順に揃えてある。

寝ているK君を起こし、綺麗に整頓されている本棚を指差して「お前だろ」と聞いた。

「違う。寝落ちしたの、たぶんお前とほぼ同じ頃だったはずだよ。俺、今起きたとこだし」

「じゃあ、これ片づけたの、だれ？」

「だから、ここはそういう部屋なの。いくら徹夜しようとしても絶対寝落ちして、朝起きると、本棚に全部戻ってるんだ。きっと女の人だよ」

「お前、ちょっとおかしいんじゃないの？」

それから、M君は、ちょいちょいK君の部屋へ泊まりに行くようになった。

いつ行っても部屋は汚いが、本棚だけは整理整頓されていて埃一つない。

ちょっと悪戯心《いたずらごころ》がわいた。

K君がトイレに行っている隙に、本棚にある人気コミックの二十三巻と二十四巻だけそっと入れ替えた。おそらく気づかないはずだ。

朝起きると、もとに戻っていた。

第二十七話　部屋の交換

「お前、やっぱり自分で整理整頓しているんだろ」とK君を問いただす。しかしK君は、「それができるくらいなら、この部屋、もうちょっと綺麗になるって」という。

しばらく押し問答になった。

M君が提案した。

「だったら、一晩だけ、俺とお前の部屋、交換しようぜ」

「交換？」

「つまり、お前が今晩俺んちに泊まる。俺は今晩、お前んちに泊まる。お互いに鍵《かぎ》を交換するわけだ。そして、お前がいっていることが真実なのかどうか、検証してみたいんだ」

その夜、M君はK君の部屋で、ある行動に出た。

本棚の本を全部取り出して、表紙カバーを全部外し、DVDのパッケージも広げたままにした。そして、いつの間にか寝落ちした。

気がつけば朝で、本棚はもとに戻っていた。ただし、今回は様子が違う。
本もＤＶＤも背表紙を奥にして、ページ側をこちらに向けて並んでいた。
「いらんことするな」
そういわれたような気がして、初めてゾッとした。
この部屋にはなにかがあるな。
同時に、好奇心もわいた。

第二十八話　検　証

　K君に許可をもらって、ビデオカメラを部屋に置いた。カメラを回しっぱなしにして、また寝落ちした。

　朝起きると、三脚に備え付けてあったビデオカメラは傾いて、レンズが床を向いている。再生して見たら、途中から床が写って、そのままそれが続いていた。

　こうなると意地にもなる。

「必ず寝落ちするのは、この部屋にいるからだな。外で見張るってのはどお？」

　M君は提案した。

「俺は玄関のドアの前に立つ。ここから何者かが入ってこないか見張るんだ。お前はベランダに出て、そこから中の様子を見る」

　いつも寝落ちする午前二時になる少し前に、玄関とベランダに二人は陣取った。二時を過ぎたが眠くはならない。退屈しのぎに携帯電話をいじくる。なにかあったら、お互いに携帯電話で知らせることになっている。K君のいるベランダからは部屋の様子は丸見えだ。だが、三時を過ぎても携帯電話は鳴らない。

結局、なにもなかったということかな？

と、部屋のドアを内側からドンドンと叩《たた》く音がした。驚いて開けた。

K君だった。「終わったぞ」という。

「終わった？　なんだそれ。なにか見たのか？」

すると顔色がまっさおなK君が、うん、うん、と頭を縦に振った。

「俺、ここ、引っ越すわ」

「引っ越す？」

K君の唇は震えている。

「なにを見たんだよ。教えろよ」

K君は、今度は頭を横に振った。「聞かないほうがいい」

「なんだよ。なにがあったんだよ」

「一つだけいうと、女じゃなかった。いや、人間でもないな」

それ以上のことは、なにもいわない。

そしてK君は、その日のうちに引っ越し業者を手配して、翌々日には本当に部屋から出て行った。

第二十九話　消えた老人

役者のIさんは、劇団の合宿である温泉町に行った。

町の温泉浴場に団員全員で入った。

男の団員たちが、入浴を終えて浴衣《ゆかた》に着替えて、浴場の外に出た。

しかし、女性団員たちはまだ入浴をしているようだ。

「女の子たち、長風呂《ぶろ》だなあ」

「まあ、待つか」

そのまま外で待つことにした。すると向こうから、手ぬぐいを肩に引っかけた浴衣姿のおじいさんがやって来た。道は手前でYの字に分かれていて、右に曲がれば男湯。左に行けば女湯。当然、老人は右に来ると思って、劇団員たちは全員道をあけた。すると、老人は左に行って、女湯の引き戸をガラガラと開けると、中に入ってピシャッと閉めた。

「あのじいさん、女湯入って行ったな」

「おいおい、女の子たち、まだ入ってるで」

「わあ、気の強いの多いからな、うちの団員。きっと大騒ぎになって、じいさん、突き出されるで」

ところが中からは「きゃー」ともなんとも声がしない。

しばらくして、「おまたせ」と、女性の劇団員たちがぞろぞろ出てきた。

「あれ？　じいさん入って来たやろ」

「じいさん？　なにそれ」

「さっき、ここ通って女湯に入って行ったんやけど」

「うそっ。そんなん知らんよ。もし本当やったら、うちら黙ってないけど」

「そやなあ……」

男の団員たちは、女湯の玄関から別の道があったんだ、とか、裏道があったんだ、と妙に納得したのだという。

「でも、そんなことありえませんもんね。入ったらすぐ脱衣所しかないですもん。こういうのが怪異なんですね」と、この話を思い出したIさんは少し興奮した面持ちであった。

第三十話　短い蠟燭

この話はその男性が生まれる前のことで、母親から聞かされたのだという。

彼には四歳年上の兄と二歳年上の姉がいるが、その兄が三歳になる三ヵ月前のことだそうだ。

母は台所で夕食の準備をしながら、祖母と会話をしていた。

最初は他愛もない話をしていたそうだが、祖母が「来年、もう一人生まれるわ」といった。

「そうなん？　男の子？　女の子？」

「まだできてないからきまってないわ。うち、入ったろか」と祖母がいう。

「男の子、女の子ときたから次は男の子がええわ。おばあちゃん、ごめんな」

「そうか、ほなしゃあないなぁ」

またしばらく会話をするうちに、「あのな、長男な、三歳くらいかな」と祖母がいいだした。

「えっ、それってどういうこと？」

「短いねん」

そのとき、母の脳裏にあるイメージが浮かんだ。燃えつきそうな一本の短い蠟燭《ろうそく》。

「おばあちゃん、それあかん、おばあちゃん、なんとかしてよ」

「そんなことしたら怒られるわ」

「そんなんいわんと。おばあちゃん、そんなんわかるんやったら、長い蠟燭と取り換えといてよ」

「無理無理。ほんま怒られるねんて」

「おばあちゃん、頼むわ」

「あかんあかん」といいながら、祖母はフェードアウトしていくように消えたのである。

あれっ、おばあちゃん、去年死んでるやん。

母はこのとき気がついて、冷や汗をかきながら、その場にへたりこんでしまった。


三ヵ月後、兄は誕生日を迎えた。

家族でデパートで買い物をして、レストランで食事をした。兄は元気ではしゃいでいたが、家に帰った途端、熱を出した。翌日になって熱は三十九度近くになった。

病院で麻疹《はしか》と診断され、注射をして薬をもらって、とりあえず家に連れて帰った。

ところが熱はまったく下がらない。それどころか四十度近くにもなった。

また病院に連れて行き、今度は入院ということになった。

病院はいろいろと手を尽くしてくれるが、やはりよくならない。何日も何日も高熱でうなされている。医者も首を傾げ、両親にいった。

「ひょっとしたら、治っても脳に障害が残るかもしれません。最悪のことも覚悟してください」

はっとした。おばあちゃんのいったとおりや。

これをなんとかできるのは、おばあちゃんしかおらへん。

母はその日以来、病院に行く前には、毎日のように仏壇に手を合わせ、できるかぎり墓場にも出かけて、一心におばあちゃんに祈ったのである。

「あの子を助けられるのはおばあちゃんだけや。おばあちゃん助けて。なんとかして」

すると、ある日を境に兄の熱が下がりだした。

そして翌日には、すっかり熱も引いて、ケロッとしている。

「なんで熱が下がったのかわからない」と、医者は首をひねっていたが、次の日、無事退院となった。

家に着くと、普段はテレビも見ない、新聞も読まないという母が、机の上に置いてある新聞が気になって、これを読まなあかん、という得体の知れない衝動に突き動かされたという。新聞を手に取って広げると、真っ先に小さな記事に目が行った。

「三歳の男の子が交通事故死」

その子の生年月日が長男と同じであった。

四歳年上の兄は、今も元気で働いているという。

第三十一話　ここ、出るねん

A美さんが、市が運営するアミューズメント・パークにある売店で、販売員のアルバイトを始めた。

午後から夜の時間帯に、先輩と、中年の女性社員とで店に入る。

夕方には社員が事務所に戻り、先輩と二人だけになった。

閉店時間となった。

消灯と施錠は、アルバイトがシフト制で行う。この日はA美さんの番だった。

四階建ての建物の四階から回って、最後に一階を回る。ここで、隣接している倉庫にも入る。

倉庫の電気が点《つ》いていないか確かめ、入口の鉄扉を閉めて、施錠する。

本館とつながる廊下に出て、本館へ入る扉に向かって歩きだす。

「失礼します」という中年女性の声がどこからともなく聞こえた。

社員さんだと思って「はーい」と返事をした。

本館の扉まで来た。

さっきの声が気になった。あの声はどこからしたのだろう？　ともかくこのまま電気を消すと真っ暗になるし、本館に入る扉を施錠してしまうと、その人を閉じ込めることになる。だが、見たところ、廊下にはだれもいない。

「電気消しますよー」

大声でそう叫んだが、返事はない。

社員さんだから、消灯されることは承知だろうし、きっと鍵《かぎ》も持っているだろう。早く帰りたいという気持ちもあり、廊下の電気を消すと、扉を閉めて施錠した。

売店に戻り、後片づけをしている先輩に先ほどの経緯を説明した。

「社員さん、来られましたよね」

「だれも来ないよ。それにもう社員さん、帰ってはるよ」

「でも声がしたんですよ。四十代くらいの女性の声」

すると先輩が「わちゃあ」といいたげな表情になった。

「その声、あそこの扉のあたりからしたんじゃない？」と、さっき施錠した扉を指差された。

「そういわれれば」

「実はね。ここ、出るねん」

「えっ、なにがです？」

「幽霊。私はあの扉のところで、よお足見るねん。膝《ひざ》から下の女の足」

翌日、施設内で働いている人たちに聞いてみると「ああ、あそこ出る出る。倉庫へ行く廊下の扉のあたりやろ」と何人かにいわれた。

一度、母子連れのお客がその扉の前を通ったとき、子どもが「ママ、ママ。ここ、お化けおる。足のお化けおる」と怖がっていた。母親は「そんなものいませんよ」と取り合わない。

従業員たちは「うんうん、おるやろ、そこおるやろ」と子どもに向かって黙って頷《うなず》いた。

第三十二話　けがの原因

職場の人たちが集まって、飲み会が行われた。

A美さんも参加した。

「そういえばさ、同じフロアでフルーツショップにいてた社員の男の人覚えてる？」

とある女性がいう。

「さあ、知りません」とA美さん。

「あんた知らんか。そうか、入れ違いになったんやね」

「ああ、あの背の高い人」

「たしか腰の骨折って、辞めはったって聞いたけど」

先輩たちはみな覚えている。

「この前、その人に偶然おうたんよ。今は別の職場で元気で働いてはったけど。そのときな、あの大けがの原因、聞いたのよ」

「えっ、倉庫の梯子《はしご》から足滑らせて落ちはったんと違うの？」

その男性は、倉庫に入って在庫品を調べていたという。高い場所にまとめて置いてあったので、梯子をかけて上った。上りきってひょいと顔を上げると、ふっと目の前に女の足が現れた。

ビックリして、足を滑らせた。

そのまま落下して、腰の骨を折ったのだという。

第三十三話　隣の苦情

ある日、Rさん宅にマンションの管理人が訪ねてきた。

「お隣さんから、夜中うるさいので静かにしてくれ、と苦情がきているんですけど」

「うちですか？」

「ええ、あの、お宅は女の子はいませんよね」と管理人も申し訳なさそうな顔をしている。

Rさんは、息子と母子二人暮らし。大学生になったばかりの息子は、最近寄宿舎に入って、今、Rさんは独り暮らしなのだ。

「管理人さん、ご存じですやん」

「いや、それは承知しているのですが、お隣さんがいうには、夜中、大勢の女の子がキャッキャッとさわいだり、笑い声がしたりすると。それが弾《はじ》けるような笑いで、思春期の女の子たちのようだと……」

「あのう、息子は下宿してますんで、私一人住まいですけど」

「そうですよね。私もね、お隣は今、お一人ですよといったんですけど、いや、女の子が夜中さわいでて、寝られないから静かにしてくれと。毎晩やそうですよ」

「どのあたりですか？」

「ちょうど、和室の壁から聞こえるそうですわ」

お隣とは同じ間取りだ。壁をはさんで左右逆の造りでつながっているので、その和室は、Rさんの宅の和室と壁ひとつということになる。そういえば、夜遅くに寝ていると、いきなりお隣から「うるさい」と声がして、壁をどんと叩《たた》かれたことが何度かあった。

管理人が帰った後、Rさんは部屋に戻ると、急いで和室の襖《ふすま》を開けた。

和室の棚には、百体以上の人形が並んでいる。リカちゃん、バービー、ジェニーといった着せ替え人形を主として、ずっと飾ったままの雛《ひな》人形や市松人形などもあって、全部がこちらを向いて立っている。

考えられるのは、この子たちしかない。

「あのな、夜中にさわぐのはやめてな。お隣さんから苦情きたんや。どうしてもさわぎたいんやったら昼間にして」と人形たちに声をかけた。

その日から、声はしなくなったらしい。

管理人からも「あれから、静かになったそうですわ」といわれたという。

第三十四話　来客

H子さんが中学生の頃のこと。

学校からの帰り、友達と遊びに行く約束をした。

家は同じ方向なので、いつものように一緒に歩いて帰る。

「ごめん、家の前で待っとってくれへん。着替えてくるから。今、だれもおらへんから、玄関のとこに座っとって」といい残して、友達はそのまま家の奥へと消えた。

仕方なく玄関の床部分に腰かけて、屋内を見ると、部屋の中にだれかいる。

電気の点《つ》いていない薄暗い部屋の中に、スーツを着たサラリーマン風の男性が正座をしている。その脇にお土産でも入っているのか、紙袋が置いてある。

おるやん。

目があったような気がしたので、ぺこりと頭を下げた。向こうはそれに気がつかなかったのか、無反応である。どうやら、お客さんらしい。しかし、今、家にだれもいないのに、相手をする人がいるのだろうか。

しばらくして着替え終わった友達が出てきて「じゃ、行こ」と、家を出ようとする。

「ちょっと、お客さんが来てはるみたいやで」

「お客さん？」

「あの部屋……、あれ？」

いない。紙袋もない。

部屋も真っ暗だ。

「確かに、さっきまで、あそこに」

「どんな人？」

さっき見たサラリーマン風の人のことを話すと、

「あっ、それ、うちのお母さんがよく見るやつや。真夜中、枕もとによく紙袋を横に置いて座ってるらしいわ」といわれた。

第三十五話　金縛りの正体

睡眠には、レム睡眠とノンレム睡眠がある。ノンレム睡眠は深い眠りについていることだ。レム睡眠は、脳が起きているのに体は寝ている状態で、このときは脳から体を動かせという指令が出ても、脳と体の間に感覚遮断が起きているので体は動かない。しかし、目は動かすことができるし、視覚はあるので風景を見ることができる。この状態は、幻覚も見やすい。妙なものを見て、ヤバいと思っても体が動かない。すると、幻覚が脳内でますます増長されて、恐ろしいものになる。

これが一般的な金縛りの正体だ。

精密機器を扱うSさんは、「そうとも限らないんですよ」という。

こんなことがあったらしい。

ある人に「夜中に寝ていると、金縛りになるんです。首を絞められている感覚で、息苦しい。それで目覚めるんです。毎夜毎夜続くんですが、なんとかなりませんかねえ」と相談された。

実はSさん、心霊現象についても詳しく、テレビ番組でも紹介されたりした。それでそんな相談があったのだ。

最初は、「金縛りは科学的に説明できます。霊体験とは関係ありません。まぁ、疲れているんですよ」とSさんはアドバイスをしていたが、依頼人が会うたびにやつれていくのである。

「ねぇ、やっぱり首絞められています。ほら」

首に痣《あざ》がある。そこで依頼人に赤外線カメラを渡し、自分が寝ている姿をひと晩中撮影するようにと助言した。

翌日、撮影済みのビデオを受け取って、チェックしてみた。

ベッドに寝ている依頼人の右側面から撮った映像。

夜中の二時ごろ、寝ていた依頼人が「うーん、うーん」とうめきはじめた。

首のあたりを押さえて、だんだん苦しみだす。

その首に、別の白い手があった。

布団の下から、にゅっと出て首を絞めている。

はっ、と目覚める依頼人。

もう、白い手はなかった。

「右側面だけしか見えませんでしたが、あの手、左からも出ていますね」

Sさんはそういった。

第三十六話　バスの乗客

あるバスの運転手から聞いた話である。

彼は以前、中国地方のあるローカル路線の運転手をしていた。

毎日運転するルート。ある夜九時頃、それまでお客が一人もいなかったバスに、部活帰りの高校生の集団が乗ってきた。

それもいくつ目かの停留所で全員が降りて、また車内は無人になった。

ある停留所の前で、ピンポーンと降車ボタンが鳴った。

たまに誤作動がある。

だれも乗っていないはずなのでそのまま走っていると、また、ピンポーンと鳴った。

あれ？

車内を見渡せる乗客確認用のミラーを見てみると、右側の後ろから二番目の席に、髪の毛が膝《ひざ》まである女が座っていたのである。

あっ、オレ、疲れてるわ。

また、ピンポーンと鳴った。

見ると、女性が、自分の真後ろに座っていたのだ。

「ううわっ」

停留所でもないのにバスを停止させ、いったん降りて電話をかけようとした。

このとき、ふと、バックミラーを見ると、その女が背後にいて同じように降りようとしている。この運転手さんの背丈は一八二センチ。しかし女は頭一つ抜けた大きさだったという。

慌ててバスを離れて営業所に電話をして「ちょっとこれ以上の運転は怖くて無理です」と報告した。

「じゃあ、どうやって帰ってくるんだ?」といわれた。

バスを降りた瞬間、女も消えた。

しかし、それがトラウマとなってその会社を辞め、今は大阪のバス会社で運転手をしているという。

第三十七話　S字のカーブ

Yさんは以前、コンビニ配達のドライバーをしていた。

一人で一晩かけて、二トントラックで、決められた地域を回る。

お店に到着する時間は決められていて、これに遅れると罰金だそうだ。だからドライバーたちは必死になって走る。

その地域は、朝まで開いている店はほかにあまりなく、夜中に到着するともうお客さんが商品を待っているような状況で、「おー、来た」と歓迎される。

そうなると、なんとか早く行ける方法をと、考え出す。

あるとき、ある道を通ると次のコンビニまでの近道になることを発見した。狭い家と家の間を抜け、クランク状のカーブを抜け、山道に出る。トラックが通れるギリギリの道幅。それでも山越えの近道になる。

ここでYさんは、奇妙なものを見た。

山すそから山へと上がると、墓地がある。

そこがS字のカーブになっている。

ヘッドライトがその墓地を右端から順に照らしていく。

その途中で、道路の左側に真っ赤な服を着た女が照らし出されたのだ。

ギクッとした。

細い道、そのままトラックはカーブを曲がるが、助手席側ぎりぎりのところに女がいる。すぐに通り過ぎるのだが、これが怖くてたまらなかった。

三回通ると、一回は見る。

真夜中の明かりもない墓地の前に、一人ぽつねんと立つ女とは、なんだろう。

恐ろしくて、ライトがそれを照らし出すと目を逸《そ》らす。

しかし、真っ赤なペンキを塗りたくったような服で、妙に立体感のない女であったという印象は、今でも忘れられないらしい。

第三十八話　別れた女

Iさんは以前、十歳以上年下の女性とつき合っていた。

相思相愛の関係が続いたが、あるとき、彼女が精神的なダメージをうけるような事件があり、奇妙な霊能者に頼るようになった。

それがきっかけで、二人の関係もギクシャクしだした。

やがてIさんの浮気が発覚し、結局その女性とは別れたのである。

その数年後のこと。


Iさんの携帯電話に非通知の電話がかかってきた。

深夜の一時。

「I君、わたし……」

一瞬でわかった。別れたあの子だ。

どう返事をしようかと迷っていると、

「まだ、生きてたんや……」と彼女がつぶやいた。

そして、プチッと切れた。

携帯電話には彼女の電話番号を登録したままだ。

さっそくかけ直してみると、もう使われていない番号になっていた。

そうか、電話番号替えたのか。替えたからかけてきたんだな。だから非通知だったんだな。知られたくないんだな。そう納得して、それ以上の詮索《せんさく》はしなかった。

数日後、ある女性にそのことを相談してみた。こういうときの女の心理を知りたかったこともあった。

「それっておかしくない？　だってIさん、先月、電話番号替えたところじゃない」

「あっ、ほんとだ！」

もしかすると、友人から聞いたのかと思ったが、その女性とつながりがあって、Iさんの新しい電話番号を知っている人物に、まったく心当たりはないのだ。わずかでも可能性のあると思われる知人にも問い合わせてみたが、だれも知らないという。

また彼女はIさんの実家の連絡先も知らない。

連絡が取れるはずがないのだ。

Iさんは、携帯電話の通信事業社の本社に勤めている。

通信記録を管轄している部署に事情を話して、調べてもらった。

通話記録は存在しない、という返事をもらった。

その日、その時間の通話記録はサーバーには存在しない。しかし、Iさんの携帯電話には、確かに着信履歴が残っているのだ。

「こんなことって、あるのか？」

担当者に聞くと「実はごくたまに、ショップにそういう相談はくるんです。通話記録がないのに着信だけあるとか、ヘンなメールがあるとか。そういうときはマニュアルどおりに、故障の可能性がありますので、修理されますか？　と聞きます。そうとしかいいようがないですから」といわれた。

ちなみに、元カノの実家は京都だと聞いていた。いろいろ探して行ってみたが、そこには、だれも住んでいない廃屋があるだけだった。

第三十九話　生まれた家

Yさんは、三人兄弟の次男として、神奈川県に生まれた。両親は地元の人ではなく、仕事の都合で神奈川県に住むことになり、リフォームされた海辺の一軒家に住んでいた。Yさんはそこで生まれ育ったのだが、奇妙な家だったという。

だれもいないはずの部屋からよく足音が聞こえた。

特に二階がひどかったという記憶がある。

だれもいない部屋や、裏庭の窓の外を人影がスッとよぎるのが見える。通る人影はいつも白い着物を着た老婆のようだ。

庭には樹齢五十年ほどの大きな柿の木がある。その木の側の出窓は、夕方になるとばんばんと窓ガラスを叩《たた》く音がする。

あまりに大きな音がするので見に行くのだが、だれもいない。しかし音は続いていて、だんだん小さくなっていって、やがて止む。

そんなことが日常だったのだ。

ある朝、母が洗面所へ向かった。直後「たすけてぇ！」と叫び声がして、慌てて家族が見に行くと、床板が母もろとも落ちている。みんなで母を引き上げたが、リフォームされてそんなに年数もたっていない床が、こんな抜け方をするだろうか？

床下を覗《のぞ》いてみて、ぞくっとした。

下に丸い筒状のコンクリートの壁があった。

明らかに井戸の跡だ。

この家は、井戸の上に建っているのだ。

なにかあるな。さすがに父親もそう思ったらしい。

そこで近所の住人や、この土地に詳しい人などに聞いて回った。

以前、この家の敷地には古い屋敷が建っていて、母親と息子の二人が暮らしていたらしい。

ところが息子は精神的な病から働くことができず、四十歳になってもずっと家にいた。海岸に出かけては石を拾って、庭の井戸に放り込む。毎日それをくりかえしていたという。

そのうち井戸は石で埋まってしまった。その後、息子は海で溺死体《できしたい》で発見された。

一人息子を失ったことが原因なのか、母親も後を追うように、庭の柿の木で首を吊《つ》って死んだという。七十歳だったらしい。

隠されていた井戸の跡、裏庭を通る白い着物の老婆、出窓を叩く音。

すべての原因が氷解した。

出窓の音は、柿の木で首をくくって、ぶらんとぶら下がったとき、その揺れで、窓を足が叩く。そしてだんだん揺れが小さくなって……。

ここに引っ越す前までは順調だった家業が、越してきてからはどうも調子がよくない。Yさんが十三歳のとき家業を畳み、この家も引き払ったのである。

Yさんが高校二年生になった夏、「海岸に近いところに幽霊の出る廃屋があるんだってよ。行ってみない？」と友人がいいだした。

「どんな家？」

そこで聞いた間取りや様子が、Yさんが以前住んでいた家にソックリだ。

行ってみると、やはりYさんの生家。ここに住んでいたことはいわずに、五人で、夜遅くに廃屋に潜入した。

懐中電灯を片手に奥へと進む。

「この奥に扉があってさ、開けるとなにかいるんだって」

この先に扉？　そんなのあったっけ。

扉はあった。

開けると、あの井戸のコンクリートの丸い壁だった。

その瞬間、「わあーっ」と四人は悲鳴をあげて逃げ出した。

「おい、待てよ、なんだよ、なにがあったんだよ」

Yさんは訳がわからず、彼らの後を追った。

コンクリートの前に、真っ赤な顔をしたお地蔵さんがあり、ものすごい形相で威嚇《いかく》した。それが恐ろしくなって逃げたというのだ。

家業が傾いたとき、父が一体のお地蔵さんを「縁起物だから」と家に持ち込んだことがあった。ところがお地蔵さんはいつの間にかなくなって、見つからないまま引っ越したことを覚えている。

ただ、友人たちが見たのが、そのお地蔵さんなのかはわからない。

第四十話　中国の壺

Yさんが、まだ海辺のその一軒家に住んでいたときのこと。

父が、立派な壺《つぼ》を買ってきて、廊下に置いた。白地に青い文様が描かれた中国製のもののようだ。

ところがこの壺が置かれてから、奇妙なことが起こるようになった。

学校へ行こうと玄関で靴を履いていると、廊下の奥にあるその壺が、否応《いやおう》なく目に入るのだが、壺の横に派手な着物姿の女が立っているのだ。

赤地に白い文様の着物で、とても綺麗《きれい》な女性だ。いったん目を逸《そ》らしてまた見ると、もう女の姿はない。

そんなことがたまにある。

あ、今日もいる。

だんだん慣れてしまった。

ところがある朝、靴を履きながら完全に無視して、そのまま玄関を出ようとすると、真後ろから吐息がかかった。思わず振り返ると、目の前にあの女がいた。

美人だが、真っ白な、生気のない無表情な顔。

わっと、表に飛び出した。


その夜、ご飯を食べながら、父親に「父さん、ちょっと相談があるんだけど」とYさんがいいかけると、長男が箸《はし》を勢いよく置いて、

「あの壺、片づけてよ、女が立ってるんだ。あれ、怖いよ」といった。

兄も見ていたのである。

第四十一話　二階の足音

Yさんの家の、だれもいない部屋から聞こえる足音。

「いつもあの足音聞こえるけど、なんだろう」

一度、兄弟で探ったことがあるという。

ある日も、二階から足音が聞こえてきた。

「兄さんの部屋だよ」

「みたいだな」

泥棒かもしれない。

手に手に木刀やバットを持って、兄弟三人で階段をゆっくりと上がった。

ギシ、ギシ、ギシ。

やっぱり音はする。

上がってみると、足音は確かに兄の部屋から聞こえている。ドアにそっと耳を近づける。

いつものように、ゆっくり、ゆっくりと歩く足音。

部屋をぐるぐる回っているようだ。

「それ！」

さっとドアを開けた。

部屋にはだれもいない。

しかし、足音は消えない。

部屋に入ってきた三人に驚いたかのように、足音は速足となってベランダのガラス戸へと抜けて行って、屋根へと移った。

屋根の足音は、ギシ、ギシ、ギシ、とゆっくりとした歩みに戻っていた。

翌日も、やはり二階からゆっくり歩く足音がした。

引っ越すまで、足音がしなかった日が珍しいくらいだったそうだ。

第四十二話　こうくんとたえちゃん

Yさんが四歳の頃。

当時、まだ近所には土管が置いてある原っぱがあった。だれかと遊びたくなるとそこへ行く。

だれもいないときは、近所の神社へ行く。たいていどちらかには友達がいたのである。

あるとき、同じ年くらいの見知らぬ男の子と女の子と神社で遊んだ。

すっかり仲が良くなった。

男の子はこうくん、女の子はたえちゃんという。

そのうち日も暮れだして、いつも観ているテレビ番組が始まる時間になった。

「あっ、テレビの時間だ。もう帰るね」

そういって別れようとすると「一緒にテレビ観ていい？」と、こうくんとたえちゃんがいう。

「ああいいよ、じゃ、一緒に来なよ」

リビングのソファに座って、三人でテレビを観た。テーブルの上にチョコやお菓子が入った容器がある。Yさんがそこからつまんでお菓子を食べると、二人はうらやましそうにそれを見ている。

「チョコ、食べていいよ」

わっと、二人はお菓子を手に取って、口に頬張ると「おいしい、おいしい」と喜んでいる。

ちょっと寒くなったので、タオルケットを膝《ひざ》にかけて、Yさんはテレビに夢中になっていた。

と、リビングのドアから知らない女の人が、こっちを覗《のぞ》いているのに気がついた。

あれ、だれだろう。

そう思っていると、女はスッと部屋に入ってきて、無言でこちらへ近づいてくる。

「おばちゃん、だれ?」

そう尋ねても、なにもいわずにこっちへ来る。

「あれ、お化けだよ」と、こうくんがいった。

「お化け?　わあ」と、三人はタオルケットにくるまって、顔を隠した。すると女がタオルケットをめくってにゅっと顔を近づける。

「きゃあ」と、またタオルケットで顔を隠す。

また、めくってにゅっと顔を近づける。

と、気配が急になくなった。

タオルケットから顔を出してあたりを見るが、もう女はいない。

すると、九歳の兄がリビングに入ってきて、ソファに座るとひと息ついて、二階の部屋へと上がって行った。

「もう遅いから、こうくんもたえちゃんも帰んな」と、Yさんは二人を帰した。

夜、その兄から「今日、リビングでなにしてたんだ？」と聞かれた。

「お化けごっこだよ」と、こうくん、たえちゃん、そして女のことを話した。すると、

「あのね、俺、お前一人でなにしてんだろうって、ずっと見てたんだよね」

「えっ、一人？」

兄には、女はおろか、こうくんもたえちゃんも、見えていなかったのである。

後で考えてみると、二人の着ていた洋服はひどく古びたデザインのもので、チョコやお菓子をむしゃぶり食べたあの様子は、なんだか違う時代の子どものように思えてならないという。

第四十三話　溜まる水

大学に通うことになり、Yさんは一人暮らしをすることになった。

都内の築十年ほどの十階建てマンションの五階。２Kのまあまあ広いスペース。入ってすぐのところにキッチンがあり、次にテレビのあるリビング。奥の部屋を寝室とした。

生活をしだすと、気になることがあった。寝ていると、どこからか水音がするのだ。

ぽた、ぽた、ぽた。

どうやらそれは水道から落ちる水滴のようなので、起きてキッチンを見てみるが、水道に異状はなく、シンクに水も溜《た》まっていない。風呂《ふろ》か、とユニットバスを見てみるが、やっぱり異状はなく、濡《ぬ》れているところもない。

しかし、毎夜のように水音はして、気になって眠れない。ある日、管理人さんに見てもらった。

「いや、どこも緩《ゆる》んでいないし、正常ですよ」という。

だが、夜になると水音がする。しかも、毎夜の水滴によってシンクの水がいっぱいになったかのように、ジャブジャブという音もしだした。そして、とうとうある夜、ザーッと溢《あふ》れだした。

リビングが水浸しになる!

びっくりして飛び起きて電気を点けるが、まったく水などない。

だが、水音は相変わらず続いているのだ。

ある日、学校で友人にそのことをいってみた。

「そんなことあるわけないじゃん」と一言で片づけられた。

「ほんとにするんだってば」

「どこに住んでんの?」

そこで住所とマンション名をいうと「あー、あそこか」という。

「なにかあるの?」

しかし友人は口を濁し、そこからはなにもいってくれなくなった。

その日、帰ってドアを開けようとすると、閉めたはずのドアが開いている。

不審に思いながらも、玄関から寝室へ向かって歩くが、気のせいか、足もとに水が張っているような重い感覚がある。

夜、コンビニへ行こうと玄関のドアに手をかけると、ぐいっと表からドアノブを逆方向に回された。

えっ、と廊下を見たが、どこにも人影がない。

これは絶対になにかある。

そこで、近所の人たちに聞いて回ると、こんな証言があったのだ。

「あのマンション、以前、屋上から飛び降りた若い女がいたんだよ」

「僕の部屋、五階ですよ」

「女はね、五階のベランダで頭うって死んだんだよ」

詳しく聞くと、まさしくYさんの住んでいる部屋のベランダだった。

「あんたの住んでる部屋、だから人が居つかないんだよ」

そんなこと、聞くんじゃなかったと後悔した。

この部屋のベランダで人が死んだ、と聞いたところで、お金もないし、引っ越すことはできない。

しかし、新たな疑問も出た。その飛び降りた女と水音はどうつながるのだろう？

ある夜、寝ていると、急に総毛立ったような感覚で目が覚めた。

バターン、と玄関口の壁にかけてあった姿見が、床に落ちたのだ。

と、その玄関から、人の気配がする。それがこっちへ移動しだした。

ぼちゃぼちゃぼちゃ、まるで膝あたりまである水の中を歩くような音をさせながら、玄関からリビング、そしてこの寝室へと近づいてくる。

なんだ、なんだ、なにが起こっているんだ！

すると、寝室のドアの端からにゅっと女が顔を覗かせた。

にやっと笑う。

そこから、記憶がない。


翌日、「あー、あそこか」といった友人が訪ねてきて「俺、ちょっと旅行してくるから、猫預かってよ」と猫を渡された。

猫は魔除《よ》けになる、と聞いたことがあるし、少しは気もまぎれるだろうと思って承知した。

するとその夜から、不可思議なことは一切起こらなくなったのだ。

その代わり、四階の真下の部屋から悲鳴がたびたび聞こえるようになった。

そして、人が居つかない部屋になったという。

第四十四話　あっ、死んだ

Uさんの仕事場は、新宿《しんじゅく》の某ビルの三階の窓際の席である。

その日は日差しが強くて、ブラインドを下ろして仕事をしていた。

お昼前のこと、ふいに、ある映像が脳裏に浮かんだ。

ビルの屋上だ。知らない場所だが、屋上の向かいに見覚えがあるビルがある。自分たちの職場があるビルだ。ということは、お向かいのビルの屋上なのか？

そのフェンス際に女の子が佇《たたず》んでいる。顔はよくわからないが、十八歳か十九歳の学生のように思える。

と、突然フェンスをよじ登ってそのまま、ぽぉーん……。

「あっ、死んだ」

思わず口に出た。

「なに？」と隣の同僚が聞いてきた。

「え？」

「いや、死んだって、今いったようだけど」

「あ、いや、なんでもない」

なにもなかったように仕事を続けていると、悲鳴が聞こえた。そこからなんだか外が騒がしくなった。表通りは交通量の多いところなので、交通事故かなと思っていると、やがてサイレンが聞こえてきて、野次馬がたかりだした。

「飛び降りだってよ」という声が聞こえた。その声に、社内の同僚たちはみな立ち上がってブラインドを上げると、「なに、なに」と窓を開けて外をのぞきこみはじめた。Uさんは厭《いや》だったが、つられてつい見てしまった。しかし、見えたのはブルーシートと人だかりと、赤色灯だけ。

「おいおい、キミたち、いいかげんにしなさいよ」という上司の声に、みなはしぶしぶ窓を閉め、ブラインドを下げると、各々の席に着き、いつもの仕事に戻った。

お昼休みになって、Uさんが控室で持参したお弁当を食べていると、コンビニ帰りの女子社員たちが嬉々《きき》としてこんなことを話しだした。

「近くの○○ゼミナールの女の子だったって。うつ病で休んでたんだけど、久しぶりに来たんだって。でもすぐに教室を出たらしいのよ。いなくなっていたのをだれも気がつかなかったって。その子、お向かいのビルの屋上に上がって身を投げたって。あのビル、玄関の上に庇《ひさし》があるじゃない。あそこにぶつかって、一回バウンドして、そして地面に落ちたらしいのよ。そのとき頭をうって……」

それ、さっき見た映像だ。庇で体を打って一回転して、地面に落ちて、凄惨《せいさん》なことになった。

どこから聞いてきたのか、彼女たちの話すことが、あの映像を見事に再現させたのである。不思議なことにその映像は、まるでテレビを観ているかのようで、スッと落ちると、道路側からのロングショットで落ちる瞬間があり、庇に当たって一回転して落ちたら、アップとなって――まるで編集された映像のようだったそうだ。

その女の子のことも知らない、お向かいのビルにも入ったことがない。

なんで？

そればかり考えて、午後からは仕事にならなかったという。

第四十五話　掃除のおばちゃん

二十数年前、Yさんは東京にあるコンピュータソフトの開発会社に入社した。

関西出身のYさんは、会社が買い取って寮にしている二階建ての古い宿舎に入ることになった。

正面が古い木の引き戸。入ると畳半畳ほどの玄関。すのこに下駄箱がある。そこで靴を脱いでスリッパに履き替えると、すぐ右手が内階段。真ん中に廊下。左右にドアが六つずつあり、それぞれがキッチン付きの六畳の和室になっている。突き当たりがトイレだ。

途中直角に曲がっている内階段を上がると、やはり真ん中を通る廊下の両端にドアが六つずつ。その突き当たりがトイレとなっていて、Yさんの部屋は二階の向かって右側、奥から二つ目であったという。

部屋は一、二階で合計二十四部屋となるが、住人は十人ほどなので、半分以上は空き部屋だ。

ある休日に、まる一日かけて部屋の大掃除をしたという先輩がいた。ところが翌日、仕事から帰って部屋に戻ると、畳の上に長さ五十センチくらいの髪の毛が一本落ちていたというのだ。

「これなんやけど」

見せられたその髪の毛に、ほかの住人たちは「あっ、これ、たまに部屋に落ちてるよなあ」と相槌《あいづち》をうった。しかしそんな長い髪の毛の住人はいないし、Yさんが見たところ、それは女性のものに思えた。でも、女性の立ち入りは禁止されている。

「掃除のおばちゃんとちがうか」とだれかがいった。

「そやな、掃除のおばちゃんやな」と先輩も納得し、その髪の毛は掃除のおばちゃんが落としたものだということになった。

「あのう、この寮、そんな人いるんですか？　僕、見かけたことないですけど」

そうYさんは疑問を呈したが、「俺らが会社に行っている間に、玄関や廊下を掃除してくれてるおばちゃんがおるんやろ」と、だれも見たことはないのに、掃除のおばちゃんがいて、毎日ここに掃除に来ているということになった。

と、いうより以前から掃除のおばちゃんは、存在していることになっていたようである。

ある日、Yさんが熱を出した。風邪かもしれない。

「先輩、僕、今日会社休みます」と朝の戸締りチェックに来た先輩に伝えると「じゃあ会社にはそういっておくわ。お前、今日は部屋でゆっくり寝とれ」と気遣ってくれた。

「それでな、部屋にいるときは必ず内側からドアの鍵《かぎ》を閉めとけよ」

その言葉の真意はさほど気にかけることもせず、先輩が部屋を出るとすぐに内側からドアのカギを閉めた。

先輩は廊下に出ると、一つひとつのドアをノックして回り、二階にはほかにだれもいないことを確認すると、とんとんとんとん、と階段を下りて行く。そして下駄箱から靴を出し、すのこに足をかけ、靴を履くと土間を踏む靴音がして、ガラガラッと引き戸が開いたかと思うと、ガラガラッ、ピシャ、と閉まった。

昔の木戸のこと、ネジ締め錠をキュッキュッキュッと三回ひねった音が聞こえてきて、やがて先輩の気配も消えた。

入社以来、休日以外の休暇も、平日のこんな時間に部屋にいるのも初めてだ。

布団に入って寝ているが、どうにも退屈で、テレビでも観ようと点《つ》けてみたが、それも退屈になって、テレビを消し、静かな午後を過ごした。

午後三時頃。階段を上がりきったあたりから急に、パタパタパタ、とスリッパの足音が聞こえてきた。それが廊下に来ると、ガチャガチャガチャと手前の部屋のドアを開けようとする音がしだした。

あっ、だれか帰ってきた、最初はそう思った。

いや、おかしい。

部屋の住人ならば、部屋の鍵を持っているはずだ。だが、まだドアノブを回す音は続いている。しばらくして諦《あきら》めたのか、また廊下を歩く音がすると、その向かいの部屋のドアノブを回しはじめた。そしてしばらくして廊下を歩く。

その斜め向かいの部屋はガチャリ、今度は開いた。

あそこは空き部屋だ。

しばらくして、また廊下を歩く。

その向かいの部屋。ドアが開いた。

そこも空き部屋。

この人が掃除のおばちゃんか、と思った。

各人の部屋を掃除して回っている……。

いや、待てよ。

先輩が出て行ったとき、階段を下りて玄関で靴を履き替えたり玄関の戸を開け閉めしたり、鍵を閉める音まではっきりと聞こえていた。だが今回は、いきなり階段を上がりきったところから音が発生している。それに廊下を掃除するでもなく、ただ、部屋のドアの開閉を確かめているだけのようにも思える。

ガチャリ、向かいの空き部屋のドアが開くと、パタンと閉まり、足音が近づいてきた。そしてこの部屋のドアの正面でピタリと止まった。

ドアを開けて挨拶《あいさつ》すべきかな、でもこれはドアが開いていたら勝手に部屋に入られるということか？　いや、そもそもあれは、本当に掃除のおばちゃんなのか？　なんだか怖くなってきた。

Yさんは息を潜めて、そのままこの事態をやりすごすことにした。

ガチャガチャガチャ、ガチャガチャ、ガチャガチャガチャ……。

ほかの部屋のときより執拗《しつよう》にドアノブを回されている気がする。

Yさんはますます縮こまって、生唾《なまつば》をごくりと飲み込んだ。すると、
ドンドンドンドン、ドンドンドンドンドン。

部屋のドアを激しく叩《たた》く音に変わった。

えっ、俺が中にいること、知ってるのか？

なんだか異様なことが起こっている、と認識した。先輩の忠告がなかったら、一体なにと遭遇していたのだろう。

音がようやく止んだ。すると、スリッパの音は斜め向かいへと移り、ガチャガチャガチャとドアノブを回し、足音は隣、つまり一番奥の部屋へと移動する。

ガチャリ、ドアが開いて、足音はそのまま部屋に入り、バタン、ドアの閉まる音がした。すべての音が止んだ。

え、入ったら出て行くやろ。それともあれは隣の住人？

隣は空き部屋のはず。

そこで、あっと気づいた。空き部屋にも鍵がかかっているはずだ。

その半年後、バブルの崩壊とともに会社も潰《つぶ》れて、Yさんたちは寮を出ることになった。

第四十六話　免許の更新

作家のIさんが結婚して、世田谷区《せたがや》に引っ越した。

ちょうどその頃、S署から免許更新の通知が新居に届いた。

Iさんの誕生日はゴールデンウィークの真っ最中。そこに結婚と引っ越しが重なって、気にはなりながらも、S署に出向いたのはやっと五月末日になってからのことであった。

書類を作成するために名前を書き込むと、「ああ、Iさん、この前来られましたね」と対応していた担当官がいう。

「はあ？　なんのことですか」

「その名前で思い出しました。ほら、一カ月ほど前、ここに来られましたよね」

確かにIさんのフルネームは、ちょっとほかにはない珍しいものだ。

しかし……。

「書類を書いてもらって、じゃあ奥で写真を撮りましょうと、私が案内したんですよ。そしたら突然いなくなられて」

「あの、僕、来ていませんけど」

「いえいえ、確かに来られました」

「この顔でしたか？」

「いや、毎日いろんな人の顔見ていますから、そこまで覚えていませんが、名前で思い出したんですよ」

「同姓同名じゃないですか？」

Iさんは食い下がって、都内に同姓同名の人がいないか調べてもらった。しかし該当者は一人もいない。

担当官は「名前と住所の書類は残っていたので、その住所宛《あて》に通知を郵送したんですよ」という。

そこではじめてIさんは、これは妙だと思った。

通知がきたのは新居に移って間もない日。新住所は親しい数人の友人にしか伝えていなくて、区役所への届け出もしていなかった。だから、S署からダイレクトに通知がくるわけがないのだ。

納得できないまま、Iさんは免許更新の手続きを済ませたという。

「もう一人のIさんが作成したという書類、見せてもらわなかったんですか？」と聞

くと、

「そうなんですよ。今となっては、どうして見せてもらわなかったのだろうって、ちょっと後悔してます」とIさんは笑った。

第四十七話　深夜の病院駐車場

Tさんは機動警備員だ。

夜間、病院の駐車場に車を停め、一晩中車内にて一人待機する。なにか異変があると、いつでも病院内に駆け込む。

深夜。あたりは暗く、雨もずっと降りやまない。

少しだけ仮眠をとろうと、時間を見た。一時ちょうど。

報告書に「AM1：00」と書き込むと、体ごと運転席のシートを倒した。

そのとき、突然首から下の感覚がなくなった。

まったく動かない。

だが首から上は動く。

眠気がふっとんだ。

金縛りというよりは、全身麻酔をかけられたような感覚だ。

と、車の真ん前に、一人の女性が立っているのが見えた。

いつの間に？　というより、ありゃ、だれだ？

背中をこちらに見せていて、肩までの髪を後ろで結び、青い手術着を着ている。

あっ、オレ、ヘンなもん、見てる！

心臓が高鳴った。

Tさんは目が悪く、普段メガネをかけている。今は、仮眠をとろうとしてそのメガネを外している。

つまり、あの距離にいる人物をはっきり目視することなど、ありえない。

女はゆっくり、こちらに振り向きだした。

顔がだんだん見えだす。

ついに、正面を向いた。

艶《つや》っぽく、やけに赤い唇。だが、目と鼻はない。

その口だけがニヤッと笑った。

気を失った、らしい。

ふと、我に返ると、三時だったという。

もちろん車の前にはだれもいないし、それと見間違うようなモノも一切なかったという。

第四十八話　大丈夫？

役者のSさんが学生時代の話で、二十年ほど前のこと。

新宿の歌舞伎町《かぶきちょう》でコンパをした。勢いづいて、二次会、三次会と梯子《はしご》をした。

三次会のお店を出たところで吐き気をもよおした。我慢できずに道端で吐いた。

「大丈夫か」と一応、声はかけてくれるものの、友人や女の子たちは遠巻きにそれを見ている。

ともかく、よくこれだけ吐けるなあ、というほど吐いて、そのままへたりこんだ。

「私、もう帰るから」

「この子どうする」という声が聞こえる。すると、

「ダイジョウブ？」という声が耳もとでして、背中をさすってくれる人がいた。

「ダイジョウブ？　ダイジョウブ？」

執拗《しつよう》にそう聞いてくるのは、どうやら若い外国人で男性。

「いや、大丈夫です。大丈夫です。オーケー、オーケー」と朦朧《もうろう》とした意識のまま返事をする。

「ダイジョウブ？　ダイジョウブ？」

外国人はずっとそういって、背中をさすってくれている。それでいくらか気分がよくなった。

「サンキュウ」といって振り向いたら、だれもいない。

遠巻きに見ていたはずの女の子たちもいない。ただ、友人のK君とN君だけがそばにいてくれて、「さっきからお前、なにいってんの？」と怪訝《けげん》な顔をしている。

「今、外人いなかった？」

「そんなの、いないよ」

酔って歌舞伎町の道端にへたって、反吐《へど》をはきながら一人「いや、大丈夫です。大丈夫です。オーケー、オーケー」といっているSさんを、女の子たちは気味悪がって、帰ってしまったらしい。

でも、あの独特のイントネーションと、背中をさすってくれた感触は今も覚えているという。

第四十九話　赤いスポーツカー

ある朝、ライターのAさんに、弟から電話があった。

「兄さん、お祓《はら》いのできる霊能者、紹介してくれないか」という。

「どうかしたのか」と聞いても「とりあえず紹介してくれたら、礼もするから」と、尋常でない様子がうかがえたので、ある霊能者の電話番号を教えた。

Aさんはオカルト系雑誌に寄稿していて、何人かの霊能者と親交があったのである。


半月ほどして、弟が訪ねてきた。

「兄さん、この前はありがとう。これ、礼や」と数万円を渡そうとする。

なにがあったのか問いただすと、弟は、こんな話をしだした。


弟のMさんは、中古の外車を専門に販売している個人業者である。多くの車を手もとに置いておくのは手間も場所もお金もいるので、同業者との横のつながりを利用して、うまく中古車をまわしてもらっている。商売は順調だったそうである。

ところが、その業者がかかえている車で、売ってもすぐに戻ってくるものがある。赤いスポーツカーを引き取ってくれ、というお客にその理由を聞くと、必ず、「幽霊が出る」とか「お化けが出た」と気味悪がる。

Mさんも業者も、最初は信じなかった。商談で車を見せに行くとき、自分たちがその車に乗って行くのだが、なにもなかったし、なにも感じないのだ。

「買ってはみたものの、厭《いや》になったんで、妙な理屈つけて返しにくるんだろ」

そう思っていた。

ところが、それが何度も続くと、気になってきた。

あるとき、カタログ用に、展示場に置いたその赤いスポーツカーを写真に撮った。

すると、その助手席に小太りの男が座っているのが写った。

もちろん、車内にはだれもいない。

なんだこれは、と不思議に思ったMさんがその写真を持って帰って、母と妊娠中の姉に見せたところ、二人は突然気分が悪くなり、激しく嘔吐《おうと》した。

病院に担ぎ込まれた姉は、流産したという。

その数日後、夜遅くにその業者から電話が入った。

「今、警察から電話があって、展示場がめちゃめちゃになってるっていうんだ。ちょっと来てくれ」といわれ、急いで展示場へ行った。

展示場に車が突っ込んだらしく、ショウウィンドウが木端微塵《こっぱみじん》に破壊されている。

突っ込んだ車はそのまま逃走したらしい。

だが、警察がいうには、

「この状況だと、突っ込んだ車もかなり壊れているはずですし、運転手や同乗者もかなりの大怪我をしているはずです。それに、この展示場は、まっすぐ延びる国道沿いにあるので、通常ここにこんなふうに車が突っ込むことはまずありえない。これは、わざとやったとしか考えられないんですが……」と不思議がる。

さらに、現場を見た全員が不思議に思ったことがある。

破壊された展示場には、あの赤いスポーツカーが展示してあるのだが、これがまったくの無傷なのである。

「これもちょっと考えられない。なんでこの車だけ、無傷なのか……」

すると鑑識の人が写真のようなものを見せながら、警官になにやら耳打ちしだした。

やがて警官は、Mさんたちに何枚かの鑑識写真を見せた。

「これ、一応参考にとデジカメであの車を撮ったものなんですが、あの車、わけありなんじゃないですか？」と聞かれた。

見せられた写真全部に、あの小太りの男が写っていた。

助手席に確かにいる。一枚は、こっちを見て笑っているようにも見える。

さすがに業者も怖くなって、Mさんに、なんとかならんかと相談してきて、霊能者を紹介した、というのである。


Aさんが紹介した霊能者は翌日すぐに現場に来てくれて、お祓いをしたらしい。

その際、「運転席が空いているということは、呼び込んでいるということですよ」といわれたそうだ。

その翌日、赤いスポーツカーは売れて、今のところ苦情はきていないという。

第五十話　わらし

Tさんのお母さんは富山県の山奥にある、小さな村の出身だ。これは、お母さんが幼い頃遭遇した出来事だそうだ。

山の麓《ふもと》に神社がある。

友達数人と、その境内で遊んでいると、妙なモノが現れた。

それは、ちょこちょこ、と歩いて止まり、またちょこちょこと歩いては止まる。三歳か四歳だった自分より背の低い、子どものようなものだったという。

こんな田舎に知らない子はいない。それに、黄昏時《たそがれ》で友達もはっきりとは見えない状態だったが、まったく見えないということはない。だが、その子どものようなものは、周りの子たちより一層黒い。ただ、着物を着ているというのはわかって、その目だけがらんらんと光っていた。

ともかく、よくわからないもので、みんなはそれを見て、驚いて走って帰ったそうだ。

子どものことだ。なにかを見間違えたのだろうか？

しかし、きつねやたぬきは着物を着て二本足で、歩かない。

一緒にいた高校生のJ子さんも、悲鳴をあげながら、お母さんを抱き上げて逃げたという。

Tさんは里帰りしたとき、一度J子さんにそのことを尋ねてみたことがあるという。

「ああ、あれな。帰って家のもんに聞いたら、わらしに遭ったんやろって、いわれたわ」とだけ答えてくれたそうだ。

第五十一話　友達ができた

今は病院に勤務しているFさんから聞いた話。

高校に通っていた頃、仲のいい友達S君がいた。ところがS君は、バイクに乗っていてバスと衝突して死んでしまった。

即死に近かったそうだ。十八歳の短い命だった。

二年ほどしてS君が、Fさんの夢の中に出てきた。S君が夢の中に出てくるなんて初めてのことだった。

すごく嬉《うれ》しそうな顔で、『オレ、友達できたわ』という。すると若い男が三人、現れた。

三人とも血の気の引いたような真っ青な顔で、なんだか元気がない。もちろん、見覚えのない男たちだった。

そこで、目が覚めた。

その三人の顔が脳裏に焼き付いていて、なんか妙な夢を見たなと気になって仕方がない。
気分転換でもしようと、テレビをつけた。
すると、交通事故で三人の学生が死んだ、という朝のニュースをやっていた。
夢で見た三人の男の顔写真が飛び込んできた。
びっくりしたFさんを、さらに衝撃が襲った。
事故現場は、S君が事故死した場所だった。

第五十二話　赤い顔

「わしね、七十年生きてきて、初めてやわ、あんなん見たん」とEさんはいう。

Eさんは神社めぐりが趣味で、定年退職後、奥さんを連れて全国の神社に足を運んだ。

昨年の晩夏、九州のある温泉町に行ったときのこと。

奥さんは買い物をしたいというので、ショッピングセンターに残し、Eさん一人で町をぶらついた。すると、長い石段のある神社を見つけた。

お参りしてみよう。

そう思って、一人、石段を登りはじめた。

通りを一本外れただけで、真っ昼間だというのにひと気もない。左右は竹藪《たけやぶ》で、なんだか異様に寂しさの漂う石段だったそうだ。

中ほどまで登り、じわっと出てきた汗をぬぐおうと足を止めると、途端に人の気配がした。

驚いて顔を上げると、階段を登りきったところに石造りの鳥居がある。
その鳥居の上に、赤い首が乗っていた。
首？
目を凝らしながら近づく。
目を閉じた、ザンバラ髪の男。
その顔は真っ赤だった。
ありゃ一体、なんだ？
見ているものが信じられなくて、きっとあれは、精巧な作り物だと思った。
すると、その目がカッと開いた。
そして、「ケケケケ」とものすごい高笑いを発しながら、ポーンと跳ねた。
首は、竹藪の中にガサッと消えた。
その途端、静寂だったはずが、蟬時雨《せみしぐれ》に包まれていることに気がついた。
「それだけのことやけどね」と、Eさんは煙草を吹かした。

第五十三話　のっぺらぼう

Hさんが、年末に岐阜に里帰りした。

友人たちと初詣《はつもうで》に出かけたが、急に激しい頭痛に襲われ、家に帰るなり寝込んでしまった。

お正月の三日間はずっと寝たきりで、枕から頭を離すことができない。

四十度近い熱が続く。医者は、多分風邪でしょう、というばかり。

四日目になって、多少よくなった。

横倒しの体を、仰向《あおむ》けにしようとした。

ところが体が動かない。

いや、人が背中あわせにべったりくっついているという感触がある。

年の離れた妹が、布団の中にもぐりこんできているのだろうか？　いや、そうではない。

何者かの背中の、その背骨の感触も伝わってくる。

そのまま動けないことに腹が立ってきた。

手のひらを自分の後ろに持っていくと、ぺちゃっと顔のようなものにふれた。
いや、顔だ。鼻のような突起物がある。
ただ、口も目もない。頭部もツルツルとしていて、体温がない。
体の不調はコイツが原因か！
なんだか、猛然と怒りが込み上げてきた。
そこで頭のあたりに思いきり肘鉄《ひじてつ》を食らわした。
「う〜ん」といううなり声がして、ふっと気配が消えた。
その瞬間、Hさんはいきなり睡魔に襲われたという。
翌朝、すっきりと目覚めた。熱もウソのように引いている。
家族も、あまりの変わりように驚いた。
翌年も同じ神社に初詣に出かけて、やはり正月三日を寝たきりで過ごした。
原因は神社にあるのではないか。
その翌年からは初詣の神社を変えた。以後、寝込むことはなくなったという。

第五十四話　おじさんの顔

半年前のこと。主婦のK子さんはスーパーで買い物をして、歩いて家に帰ろうとした。

昼の三時半だった。

駐車場の周りには植木が並んでいて、その先がL字型の角になっている。

その角に、人間の手のひら大の葉っぱが茂る大きな木がある。

K子さんがその角にさしかかったとき、なにか違和感を感じた。

その手のひらのような葉の木に、まるで果物でもなっているかのように、顔があったのだ。

おじさんの顔だ。

日に焼けた赤黒い皮膚、少し天パーの巻き毛、太い眉毛《まゆげ》にしわの目立つ目じり、大きな鼻……。

それは今も絵に描けるくらいにはっきりと覚えているという。

「えっ、なに」とぎょっとして、K子さんは固まった。

するとそのおじさんも、K子さんを見て、驚いた表情をして、慌てたようにザザザザッと葉っぱを揺らし、上に登って消えた。

慌ててその植木の周囲を見て回ったが、別になにもない。また、あれだけ葉が揺れていたのに、そのときまったく葉は揺れていなかった。

その後も、その道はよく通るが、あんなことは一度しかなかったという。

第五十五話　張り手

Mさんは H県の温泉地で生まれ、育ったという。

毎夜、寝ていると、遠くから、とーん、とーん、という音がする。

「なんの音やろ？」

不思議に思うが、原因がわからない。そのうち、父母や、近所の人たちも「あれはなんの音なんじゃ？」といいだした。

とーん、とーん。

その夜も音がする。近所の人が何人かで、見に行くことになった。

Mさんはまだ幼かったので、一緒に行くことはできなかった。これは後日、大人たちから聞かされた話だ。

Mさんの家から歩いて五分ほどのところに、大木があった。高さ十メートルはあり、幹の太い立派な木だ。暴走した一頭の牛が、この木に突っ込んで倒れたが、木はビクともしなかったという昔話も残っている。

その木が、揺れていたというのだ。

「あんなもん、だれが揺らせてるんや」

「揺らせられるかいな。牛がぶつかってもビクともせんかったんやで」

「だいたいあそこには、だれも行かれへん」

その木の周囲には有刺鉄線が張ってあって、立ち入り禁止になっている。あたりから、高濃度のガスが出ているから、危険だといわれていた。

だから、だれもあの木には近づけない。

でも、揺れている。

なるべく近寄って、木のあたりを懐中電灯で照らしてみた。

すると、一匹の河童《かっぱ》が、木を張り手で叩《たた》いていた。

とーん、とーん。

叩くたびに音がして、木が揺れる。

「ええっ」と一同驚いたが、近づくこともできず、引き返してきたという。

大人たちの間では、しばらく河童の話でもちきりとなった。

翌日からも、とーん、とーん、と音は続いた。

そのうち、大木が傾きはじめた。その頃から音はしなくなったという。

傾いた大木は今もある。

第五十六話　守り神

　Y代さんは山口県の名家の出身の娘さんだ。

　裏には大きな蔵があり、そこにつがいの蛇が棲《す》みついている。縞模様《しまもよう》の、全長が二、三メートルという大きさで、蔵の守り神とされているそうだ。

　家族はよくこの蛇の話をしていたが、あまり蔵に入ったことがないY代さんは、ほとんど見かけたことはないという。

　ただ一度だけ、蔵を改装したとき、池の上に張られていた綱の上に、二匹のとてつもなく大きな縞模様の蛇が仲良く休んでいたのを見たことがあるそうだ。

　母屋には、「神の間」という仏壇が置いてある部屋がある。

　代々浄土真宗で、毎日のようにお経が唱えられていたが、何年か前、お婆さんがいわゆる新興宗教に宗旨替えをした。

　お婆さんはすっかりのめりこんだが、その教団の定めるお経を唱えると、必ず仏壇の前に置かれたご先祖様の骨壺《こつつぼ》のふたが外れたり、ぽとりと畳に落ちたりする。

　宗旨を戻したほうがいいんじゃないか、と家族の者は忠告するが、お婆さんはまったく聞こうとしない。

ある朝、お婆さんがお経を唱えていた。

すると、ボトッと大きな音がして、お婆さんの前に巨大ななにかが落ちてきた。

とぐろを巻いた巨大な縞模様の蛇だった。

びっくりして上を見たが、天井板が外れているわけでもない。

どこから入ってきたのか？

蔵から出ることもめったにないのに、どうしてこんなところに？

すると、蛇は鎌首をもたげて、シャァとお婆さんを威嚇した。

さすがにお婆さんは、神様の怒りにふれたことを自覚した。それで宗旨を浄土真宗に戻したのである。

以後、蛇が母屋に出ることは二度となかった。

蛇はますます大きくなって、今も蔵の中に棲《す》んでいるそうだ。

第五十七話　狛犬

Tさんが小学生だった頃、集団で登下校をしていた。

登校のとき、みんなの集合場所は近所のK神社だった。みんなが集まるまで、境内でオニゴッコをするのが楽しみな日課だった。

神社の前に、大きな狛犬《こまいぬ》が一対ある。なぜかTさんは、これに乗ってみたいという願望が前々からあったという。

ある日、オニから逃げている最中、パッと狛犬に飛び乗った。

途端に、

「痛っ！」

手に激痛が走った。

慌てて降りて、手のひらを見たら、針のようなものがビッシリ刺さっている。

「なんやねん、これ」

半泣きになりながら、一本一本抜いた。針だと思っていたが、よく見ると獣の鋭い毛のようにも見える。

「わあー」と手を払ったら、全部ぽろりと取れた。

そのまま学校へ行って授業を受けていると、また手が痛くなってきて、みるみる腫《は》れてきた。我慢できなくなって「痛い痛い痛い」とうずくまってしまった。

心配した先生につきそわれて保健室に行ったが、保健の先生も「なんやろな、これ」と首をひねるばかりだ。

「これはあの狛犬に乗ったからや、その罰に違いない」

そう思ってTさんは、心の中で狛犬に必死に謝ったら、いくらか腫れも痛みもひいた。病院に行くかとたずねる保健の先生に、家に帰らせてほしいと頼み込み、帰宅を許してもらった。

その足でK神社に向かい、狛犬の前にひざまずいて「狛犬様、ごめんなさい」と懸命に謝ると、腫れも痛みもウソのようになくなった。

大人になったTさんは今もその狛犬の前を通ると「この狛犬や。この狛犬や」と恨めし気に指差すのである。

第五十八話　出る部屋

Ｏさんは酒屋で働いている。ある休みの前日、友人のＭさんとスナックで呑《の》んだ。呑んでいるうちに盛り上がって、終電を逃してしまった。

Ｍさんのうちで呑み直すことになり、二人はもう人通りもなくなった夜の商店街に出た。

「ところでお前んち、どこ？」

「Ｔ町のＵマンション」

「え、あそこに住んでるの……」

そこは地元で有名な、出る、と噂されるマンションである。

「ほんとに出るの、幽霊」

そうＭさんに尋ねると、「来たらわかるわ。それとも怖いか？」

酔いの勢いもある。

「オレ、そんなの信じてへんからな」

「じゃ、問題ない。行こ行こ」

マンションの階段を三階まで上がって、すぐの部屋がMさんの家だ。広めのダイニングキッチンに、襖《ふすま》の向こうは押入れのある和室。その隣に洋間。家賃を聞くと、広さのわりに安い。

呑んでいると、Mさんが「おい、来たぞ」という。

「来たって、だれが？」

耳を澄ますと、コッ、コッ、コッとだれかが階段を上がってくる音がする。

「幽霊」とMさん。

「人やん、人が階段を上がってるだけとちがうのか」

コッ、コッ、コッ。

この階の廊下に来たのがわかる。

コン、コン。

玄関のドアがノックされた。

「えっ、ノックしてる。人やないんか」

「そのままほっときゃええ」

しばらくすると、また、コッ、コッ、コッ、と階段を下りる音がして、やがて聞こえなくなった。これが毎晩くりかえされるのだという。

「ノックされて、開けてもだれもおらん。もう慣れた」とMさんはいう。

Oさんはその夜、Mさん宅に泊まったが、その足音は何度かやって来ては、玄関のドアをノックし、また帰って行く。

そのたびに、一体あのドアの向こうになにがいるのかを想像すると、怖くてたまらない。しかし、Mさんはもう酔いつぶれて寝てしまっている。


それから何カ月かしてMさんから電話があった。

「引っ越しするから手伝ってくれへんか」という。

「えっ、引っ越すの？　あそこ気に入ってたやん」

「いや、もうあそこにはおれん。とにかく引っ越す」という。

Mさんの引っ越し当日、手伝いに行ったOさんは、こんな話を聞かされた。


夜、テレビを見ていた。するとまた例の足音がした。いつものことだと気にも留めないでいると、ドンドンドンドン、ともものすごい勢いでノックされた。

「ええっ」と思うと同時に、部屋が停電となった。ノック音が止み、しばらく部屋が闇と静寂に包まれた。

急に、すらりと和室の押入れの襖が開いて、そこから女が出てきた。暗くてよくわからなかったというが、リクルートスーツ姿の若い女で、畳の上をコツ、コツ、とコンクリートの階段を上がるのと同じ音を響かせながら歩き、そのまま向かいの壁に消えた。

その途端、部屋が明るくなったのだという。

「とにかく、ここはあかん」

Mさんは引っ越した。

Oさんは引っ越しの手伝いをしているとき、押入れの奥にお札が貼ってあるのを見つけた。確信はないが、Mさんはきっとこのお札を剝《は》がしてしまったんだろうな、と思ったそうだ。

第五十九話　アメリカの上空にて

漫画家のSさんが、アメリカ合衆国の各地で行われるコンベンションにゲストとして招かれた。

カナダのバンクーバー経由でワシントンD.C.にいくジャンボジェットに乗った。

隣の席に座る奥さんは、長旅の疲れもあって、すっかり眠ってしまっている。

Sさんは何気なしに窓の外を見ていた。

ぎょっとした。

窓の外には巨大なジャンボジェットの翼が見えているが、その下の雲に巨大な楕円《だえん》形の影が落ちている。最初、この飛行機の影かと思った。ピッタリ下にあるからだ。

だが、あまりに影が大きい。そして綺麗《きれい》な楕円のシルエット。

上になにかいる！

そうとしか考えられない。だが、上を見ても飛行機の小さな窓では限界がある。

撮影しよう。

そう思ったが、カメラを入れたバッグは前方にある荷物置き場に預けている。取りに行っている間に消えてしまうのではないかと思うと、もう目が離せない。

いま、同じ影を見ている人はほかにいないかと機内を見回したが、ほとんどがお年寄りで、起きている人がいない。

見てよう。

ずっと、影はある。

と、戦闘機が一機やってきて、しばらくジャンボジェットと並走するかのように飛行した。その間も巨大な影はあった。

戦闘機と比べると、影を作っているものの巨大さがわかった。

と、戦闘機はみるみる遠ざかって行った。

すると、雲が途切れて影も見えなくなった。

二十分は見ていたという。

第六十話　美容院の客

S子さんは、小さな美容院で働いている。スタッフは、店長とS子さんの二人だけ。店長は中年のおばさんだが、暇になると「S子ちゃん、あと頼んだよ」といって、パチンコ屋に入り浸っている。

その日もS子さん一人で店番をしていた。平日の午前はあまり客は来ない。カット台に腰かけて雑誌を読んでいた。

すると、お客さんが入ってきた。

身なりはボロボロで、バサバサの縺《もつ》れたような腰まである髪の毛の、中年の女性だ。ほんとにお客さんかなぁ。不審に思うが、女性はカット台に座った。

お金、持ってるんだろうか、この人。

不安になりながらも「どのようにいたしましょう」と明るく声をかける。

返事がない。

なにを話しかけても返事がないのだ。痺《しび》れを切らして、「では、私におまかせということでよろしいでしょうか」とたずねる。

うん、と頷《うなず》きはするので、髪の毛にハサミを入れた。

その間、いろいろ話しかけるが、うんうんと頷くだけで、なにもいわない。

「シャンプーいたします」とシャンプー台に移ってもらって、顔にタオルをかぶせて、シャンプーの用意をする。このとき、店長が戻ってきた。店長はそのままさっきS子さんが腰かけていたカット台に座ると、雑誌を読みはじめた。

仮にもお客さんの前だ。

「店長」と声をかけた。

「なに？」

「あの、お客様が……、あれ」

いない。

気づくとS子さんは、なぜかタオルを洗っていた。

「どうしたのよ」

店長はそういうと、また目を雑誌に戻した。

お客さんが入ってきた。

店長はすぐに立ち上がって「いらっしゃいませ」と笑顔を作った。

知らない中年女性だ。おもむろに、

「ありがとうございました」と頭を下げる。

「は？」

店長とS子さんがわけもわからずにいると、そのおばさんも、はっ、とした表情を見せて、きょろきょろと見回すと「私、なにしてんのかしら」といって、慌てて出て行った。

さっきの人が、お礼をいったんだ、とS子さんは思った。

第六十一話　猫石

　庭師のIさんが、ある家の庭で仕事をしていると、背中にゾクゾクッとくるものがあった。ふっと後ろを見ると、背後にひと抱えほどの大きさの庭石がある。

　その石に、猫の顔が浮かび上がっている。

「あっ、これか」

　そう思ってIさんは、心の中で般若心経《はんにゃしんぎょう》を唱えだすと、すーっと頭の中に映像が入ってきた。さっそくIさんは、家の主人を呼んだ。

「お宅、昔、醬油《しょうゆ》屋をやってなかったか？」

「確かに醬油屋やってたときはあったけど、それはもう四、五十年も前のことやで。けど、なんでうちのこと知ってはるの？」と不思議そうに聞く。

「ここに、大きな醬油樽《だる》がおいてなかったか？」

「そういえば……、幼な心の記憶があるわ。確かにあった。フタのない古い樽で、中に蛇やらネズミやらムカデやらが落ちて、その死骸《しがい》が浮いてたわ」

「それや。そこに一匹の黒ネコが落ち込んで、溺《おぼ》れたことがあるわ。それをあんたとこのご先祖さんが『おのれ、こんなとこに落ちやがって』いうて、猫を塀にぶつけて殺してるわ。それでその黒猫が『悔しい、無念じゃ』いうて出てきてるわ」

Iさんが指差す先には、猫の顔が浮いた庭石がある。

「ほんまや。気づかんかった。どう見ても猫やな」

私もIさんに案内されて、その猫石を見に行ったことがある。

確かに、猫の顔が石に憑依《ひょうい》していた。

元醤油屋は、私の実家のお向かいさんである。

第六十二話　パパ、ミルク

奈良の大学に通っているT美さんは、近所にある大手ファーストフード店でアルバイトを始めた。

夏の真っ昼間のこと。

ドライブスルーに一台の車が入ってきた。三十代後半の男性がウィンドウを開けて注文をした。

インカムをつけた従業員全員でその注文を確認するシステムになっている。

男性が注文をいい終えると、「パパ、ボク、ミルク」という男の子の声がした。

「かしこまりました」と男性の注文をくりかえし、最後に、「と、ミルクですね」というと、

「ミルク？　なんだそれ」

「あの、お連れのお子様がミルクの注文をされましたけど」

「またかよ。オレ、一人だって」

男性はひどく怒っていた。

だが、「ボク、ミルク」という男の子の声は確かに聞こえた。

インカムをつけていた従業員全員が聞いている。

とまどいながら先輩にそのことをいうと、「ああ、それ」と含みのある笑みを浮かべた。

「それ、あれだろ。奈良ナンバーの黒いエルグランド。乗ってる人は三十代後半のがっしりした男性、だよね」

「そのとおりです」

「あの人、一人で来るとたまに、パパ、ボク、ミルクって声が聞こえるんだ」

どうりで「またかよ」と、男性が怒ったはずだ。

T美さんは三年間アルバイトをしているが、三回、その声を聞いたという。

第六十三話　会長さん

だれもが知っている全国にチェーン店がある大手外食産業の本社。

以前、事務職で勤務していたという女性から聞いた話である。

たまに各チェーン店の店長さんが本社に集まって会議が開かれる。

このとき会長さんが心配そうに会議室の廊下をうろうろすることがある。この会社の創業者だ。

会議で、会長さんが顔を見せるときはたいてい、業績が悪化しているときだ。発展的な戦略会議とか、店舗拡張といった景気のいい会議のときは、会長は姿を現さない。だから会長が会社に姿を現すと、本社の人たちは「あっ、今、うち、経営的にヤバいんだな」とわかるという。

ちなみにこの会長さんは、何年も前に癌で亡くなっている。

第六十四話　軽　傷

Fさんの親せきの話だという。

高速道路での交通事故に巻き込まれた。次々に追突があって死者も出た。車が大破しながらも、親せき夫婦はともに軽傷で救い出された。

警察から供述調書を取られた。

「あなた、どこに乗っていましたか？」

「主人の隣の助手席に乗っていました」

「あなた、事故が起こった瞬間のこと、憶《おぼ》えています？」

「いえ、気がついたら救急車の中でした」

「もう一度、お尋ねします。どこに乗っていましたか？」

「だから助手席に……」

「あのねえ、あなたは後部座席にいて、そこから救出されたんですよ」

「は？　私、本当に助手席に乗っていました。主人に聞いてみてください」

「確かにご主人もそう証言されていますが、それが本当なら、あなたは確実に亡くなってますよ」と、現場の写真を見せられた。

助手席は原形をとどめていなかった。

「あなたは後部座席に乗っていたんですよ」と警察は譲らなかった。


Fさんの祖母は、信心深い人だった。

「うちの娘は助かったけど、ほかの方は大勢亡くなられたらしいやないか。これはいっぺん花束持って、現場で手を合わせんといかんな」と、事故現場に行って、本当に手を合わせたのだという。

手を合わせている最中「えらい重たかったわ」という、亡くなった祖父の声が聞こえたそうだ。

第六十五話　リニューアル・オープン

K子さんが、近所にできたスーパーマーケットで働くことになった。夕方六時から深夜十二時までの契約だ。

ある夜、仕事を終えたK子さんが休憩室に行くと、エリア・マネージャーの男性が、煙草を吸いながら頭を抱えていた。

エリア・マネージャーは、チェーン店を回って従業員の給料の査定をしたり、問題があれば本部に報告する役職だ。もうすっかり顔なじみである。いつもは精力的に働いている彼が、なんだか元気がないようにみえる。

ハア……。

今度はため息が聞こえた。

「どうかしたんですか」とK子さんは声をかけてみた。

すると、今問題のある店舗があって困っているのだといい、こんな話を聞かされた。

ある団地に、小さなスーパーを開店させた。まだ、一カ月もたっていないらしい。

ところが、オープン当初から問題が起こった。

朝、店を開けると店中に酢の匂いがたちこめている。見てみると、商品棚から醬油《しょうゆ》やポン酢、みりんなどが落ちていて、その瓶が割れていたのだ。

店長は「地震でもあったっけ？」と不思議に思ったが、おそらくこれは狭い棚に無理して並べたからだろう、ということになり、アルバイトに商品の並べ方の指導を行った。

ところが翌朝も、同じことが起きた。調味料の瓶が落ちて、酢の匂いが立ち込めている。その次の朝も、その翌朝も、それは続いた。

これはおかしい、ということになった。もちろん防犯カメラは動いている。普段めったに見ないそうだが、防犯カメラの記録を見てみた。すると、深夜の一時半ごろから二時にかけて、調味料棚の前に白い靄《もや》のようなものがかかって、棚の様子が見えなくなった。そして二、三十分すると、その靄がうすくなりはじめ、商品棚が見えだす。靄が消える直前に、商品棚に並ぶ瓶がガラガラと床に落ちる瞬間が映っていたのだ。

なんだこれは！　ということになった。本部にも連絡を入れて、何人かに来てもらってビデオを証拠品として会議が行われた。このとき、エリア・マネージャーも呼ばれたのだという。

「こりゃぁ、霊の類《たぐい》じゃないか」という人もいたが、「そんなもん、あるわけがない」

とほとんどのスタッフは信用せず「これはだれかの悪戯《いたずら》だ」という結論が出た。だから、店を閉めるときは、みんなで確認しよう、ということになった。

その夜、エリア・マネージャーや夜の各店舗を巡回するナイト・マネージャー、そして店長たち立会いのもと、店内にはだれもいないことを確かめて、あらゆる戸や窓の鍵《かぎ》を閉め、店の出入口も鍵をして、シャッターをおろし、施錠されたことを確認した。

絶対に店内に人はいないし、入れない。それを全員で確認して帰った。しかし、朝、店を開けると、商品棚のものが落ちている。それも今回は調味料の瓶だけではない。その周辺のお菓子なども床に散乱している。

やっぱりこれは、悪戯なのか？

「じゃあ、一晩中見張っていよう」ということになった。

閉店し、従業員が帰った後も、店長、ナイト・マネージャー、それにバイトが一人、計三人が居残って、店長室から防犯カメラの映像を監視しつづけた。すると、やはり深夜一時半近くになって、白い靄が商品棚のあたりに籠《こも》りだした。急いで三人とも店に出た。もう靄は消えて、商品棚から商品が落ちて、床に散乱していた。

「なんなんだこれは！」

店長は頭を抱え、本部に連絡した。

お祓《はら》いをすることになった。

三日後、お店を臨時休業とし、近くの神社の宮司さんに来てもらい、お祓いをした。

もう大丈夫だ、と思った翌朝。

店の半分の商品が床に落ちていた。

「お祓い、効いてないじゃん」と、また会議が開かれた。今度は専門の霊媒師を呼びましょうということになり、有名な霊媒師に来てもらった。

「あっ、ここは場所が悪いですな。これは浄化できません。私にはどうにもできませんな。お店は止められたほうがよろしいでしょう」と店内に入った霊媒師はいう。

しかし店長は「せっかく店をはじめたんだ。パートを解雇することもできないし、店はなんとしても続ける」と、霊媒師の助言をはねつけた。

その翌朝、店の商品の全部が床に落ちて、まるで大地震にでも見舞われたかのような惨状となった。

「なんだか、ますますひどくなってる。霊が怒っているんじゃないかなあ」

ナイト・マネージャーが店長にそういうと、「どうしたらいいんだ。なんでこんなことになるんだ」と半泣きになっている。

本社の幹部に連絡した。

だが、連絡を受けた幹部は「それ、悪戯かなにかじゃないの」と取り合わない。

「じゃあ、見に来てほしい」という店長の言葉に押されて、本社の幹部がやって来た。

その夜、店長、ナイト・マネージャー、エリア・マネージャー、そして本社の幹部数人が、店長室に泊まりこんで、モニターをずっと見つめた。店内に直に見張りを置かなかったのは、さすがに怖くて、それはだれにもできなかったのだそうだ。

午前一時三十分、モニターの前に靄がかかりだした。

みな、身を乗り出して、モニターを見つめていると、靄は女の形となって、その両手で商品棚の商品を床にバサバサと落としていく。

「ううわっ」

店長室に悲鳴が上がって、もう、手の施しようがない、ということになった。

「そんなことで、おそらくあの店はしばらく閉店することになるんだろうけど、店長はなんとかリニューアル・オープンしたいといって、店は続けるつもりらしい。お祓いは効かないし、なにをどうしていいかわからないし。本社としては、そんなことが起こる店舗でなにか事故が起こったり、妙な噂が流れても困るからと、閉鎖を促してるんだけど」

エリア・マネージャーは深刻な表情で語った。

どこのお店だろう、とK子さんは、親会社が展開するチェーン店をネットで調べた。

一ヵ月ほど前にオープンしながら、現在は休業中で、近くリニューアル・オープン予定という店舗が、わりと近くにあった。

「あそこだぁ！」

買い物に行ったことがある。確かに店内中に、お酢の匂いがしていたことを思い出した。

第六十六話　水鉄砲

小学六年のときの夏休み、Dさんは近所の同級生Y君と、近くの公園へ遊びに行った。いつもは室内でゲームをしているが、たまには外で遊ぼうということになったのだ。

持ってきた水鉄砲を撃ち合って、二人ともびしょびしょになった。

グラウンドや草木の生えた場所などで、隠れながら撃ち合う。

水に濡《ぬ》れた体は、すぐに泥だらけになる。

夢中になって撃ち合っているうち、Y君は右腕にちょっとした引っかき傷を作ってしまった。

途中から、Y君がパタリと撃ってこなくなった。

「おーい、どうした」

返事がない。

「おーい、Y」

いない。

「あれ、帰った？」

そんなはずはない。

でもどこにもいない。

不思議に思いつつ、Y君の家に行ってみた。するとY君本人が出てきて「えっ、僕は今日、朝からずっとゲームしてたんだけど」という。

着ている服は上下ともにさっき遊んでいたときと同じ。

でも全然汚れた形跡がなく、右腕に傷もなかった。

第六十七話　ベッドの下

もう二十年以上も前のこと。当時、小学校の低学年だったEさん一家は、古いマンションに住んでいた。

間取りは、玄関から入ってキッチン、リビング、寝室と縦に三部屋並んでいて、寝室の窓を開けるとベランダはなく、日よけの庇《ひさし》があるだけ。なんとか洗濯物が干せるだけの場所があったという。

洗濯物は、いつも母親が外にある洗濯機ですることになっていた。洗い終わった洗濯物は玄関から入って、まっすぐ寝室の庇のある窓まで歩いて、そこで干すという日課であった。

ある日、母親を驚かせてやろうと、Eさんは寝室のベッドの下にもぐりこんだ。しばらく身を潜めて待っていると、玄関の方向からたったったったと足音がしてきて、足が目の前を通り、窓を抜けて行った。

「あれ?」とベッドの下から、窓のあたりを見るが、そこにあるはずの母親の足がない。

「お母ちゃん、どこ行った?」

そう思っていると、また、玄関のほうから足音が近づいてきて、目の前を通った。今、足しか見えていないのだが、「あっ、お兄ちゃんだ」と、このときは思った。ところが家には自分を入れて三人しかいないので、必然的にそう思ったわけである。

この足も、窓を抜けて遠ざかる。

すると三人目の足が来た。

おかしい、と、ここで初めて思った。

三人目がいる、ということもそうだが、いずれの足も靴下を履いていない。それに、玄関は鉄扉なので、開け閉めのとき大きな音がするはずなのが、音がまったくしなかった。

三人目の足も、また窓を抜けて行った。

するとまた、足が来た。

結局七人の裸足《はだし》の人が、ベッドの前を通って窓を抜けて行ったのである。

怖くてしばらくベッドの下から出られなかった。

ガチャリとドアが開く音がして、「ただいま」と母親の声がした。バァーンと、扉が閉まった音を聞いて、慌ててベッドの下から這《は》い出ると、Eさんは母親にしがみついたという。

第六十八話　禁断のアルバイト

ある夏の日、Fさんは友人のIさんから電話を受けた。

「今度の日曜日、ちょっとアルバイトしてみんか。運転するだけでええから。バイト代はずむし」

「ああ、ええよ」

「車も頼むわ」

日曜日は空いている。二つ返事でOKした。

その早朝、Fさんは約束の場所で待っているIさんを迎えに行き、助手席に乗せた。

Iさんが「あっ、こっち」「ここ右」と誘導するままにハンドルを切った。

やがて、大きな門構えの家の前に着いた。

門が開いて、この家の使用人と思われる女と奥さんらしき人が迎え出て、丁重に中へと通された。応接室の大きなソファに座らされ、お茶と茶菓子が出される。しばらくすると、恰幅《かっぷく》のいい中年の男が現れた。

「これはIさん。お待ちしていました。こちらがFさん？　私がこの家の主《あるじ》で、Yと

申します。これのことはお聞きになってますね。くれぐれも気をつけて運んでくださ
い。先方にはもう伝えてありますので。それではよろしくお願いいたします」と、非常に長細い箱のようなものが入った紫色の風呂敷《ふろしき》包みを目の前に置いた。

Fさんは、その風呂敷包みを見た瞬間、背筋に氷を押し付けられたような感じがした。その包みは嫌な存在感を放っていたという。

しかしIさんは平然とそれを掴《つか》むと、「ほな、行こか」と、部屋を出て行く。そしてカーナビの設定をして「あとはカーナビの指示通り走らせてくれたらええから」というと、iPhoneにつないだイヤホンを耳に着け、目をつむって音楽を聴きだした。

Fさんは車を発進させると、ナビに従って右へ左へとハンドルを切った。

風呂敷包みは後部座席にある。

だが、背後が気になる。

なんだろう、この背筋がヒヤッとする嫌悪感、違和感。

そのまま四十分は走った。するとなんだか見覚えのある街並みになった。やがて

「目的地に着きました。運転おつかれ様でした」とナビが告げた。見ると目の前にあの家の門があった。Y家の表札もある。

「あれ？　もとに戻ってる！」

ナビ通りに走ったのに？

「お、おい、どうなってんねん」とFさんは、上ずった声でIさんを問いただした。

Iさんは、さほど驚いた様子もなく「ああ、やっぱりこうなったか。ほなら、俺がナビするから、いうとおり行ってくれ」

車を発車させ、Iさんの指示に従った。

だが今度は、行く先々で事故があって、道が封鎖されていたり、工事中だったり、救急車が来て塞《ふさ》がっていたりと、一向に進まない。

ようようなんとか見通しのいい道路に出た。信号もない。やっと進めると思ってアクセルを踏み込むと、いきなり「停まれ！」とIさんに腕を摑まれ、思わずブレーキを踏んだ。

心臓が止まるかと思った。途端、目の前を大型トラックが横切った。

赤信号だ。さっきは絶対になかったはずだ。

もう、言葉もない。Fさんは生まれて初めて恐怖のあまり、思考停止に陥ったという。

一方Iさんは、「わぁ、嫌なことが続くな。でももうすぐや、安心しろ」と、なんだか落ち着いている。

だが、Fさんは気が気ではない。

「あの箱、なにが入ってんねん？」と、途中でIさんに何度も聞いたらしいが「ああ、なんでもない」とはぐらかされるばかりだったという。

ともかく、自分の身が危ない。そんな気がする。

あくまで安全運転を心がけ、なんとか目的地に着いた。

「あっ、あそこあそこ、あそこの駐車場に停めてくれ」とIさんの指示通りに停めると、Iさんはそそくさと車を降りて、後部座席にあった紫色の風呂敷包みを無造作に持つと、「あとは歩きや。来る？　待つ？」といわれた。カーナビを見ると、たった三キロほどの道のりを五時間もかけて来ている。

なんだか車の中で一人でいるのも怖い。Iさんについて歩くことにした。

駐車場からすぐに人通りの多い商店街に入った。少し安心したが、あんなことがあった後だけにFさんは周囲をきょろきょろしながらついていった。しばらく歩くとIさんはその先の角を曲がった。Fさんもそれに続く。

「あれ？」

さっきとうって変わって、人通りがまったくない。街の裏通りなのだが、街の喧騒《けんそう》も車の音も蟬の声さえまったくしない、突如として静寂な世界となった。この静けさは、やっぱりなにかおかしい……。

Iさんは、すたすたと先を歩いて行く。やがて石段とその上にお寺の山門が見えてきた。と、二十四ほどの野犬が自分たちの後ろについてきていることに気がついた。

牙《きば》を剝《む》いて、威嚇している。身がすくんでその場から逃げることもできない。ただ、Iさんの後ろをついて行くだけで精一杯なのだ。

石段に着いた。野犬の唸《うな》り声を背後に、その石段を一歩、二歩、三歩と踏みしめながら上がって行くと、野犬の声がピタリと止んだ。

「もう大丈夫や。ここからお寺の境内やから。ゆっくり上がろ」とIさんにいわれ、ふっと振り返ると、あれだけいた野犬の姿が一匹も見当たらない。

一体、なにが起こっているんだ？

ともかくいわれた通り、ゆっくりと石段を登っていると、今度は石段の横の雑木林からガサガサッと、なにかがついてくるような気配と音がしだした。これが右からも左からもするのだ。

ガサガサッ……、ガサガサッ……。

ともかく、Iさんの後をついて行くしかない。と、目の前の山門に二人のお坊さんが姿を現し、こちらを向いて合掌をしているではないか。その途端、ガサガサッという気配は消え、街の喧騒や雑木林からは蟬時雨《せみしぐれ》の音がいきなり聞こえだした。

「あんたたち、えらいもん連れて来たな。しかしもう大丈夫やわ」とお坊さんにいわれて、そのまま本堂に案内された。お坊さんは紫色の風呂敷包みを丁重に受け取ると、須弥壇《しゅみだん》の前にそれを置いて「ご苦労様でした。確かにお預かりいたしました」と頭を下げた。

「ほな、帰ろか」と踵《きびす》を返したIさんに、Fさんは思わず「お祓《はら》いせんでええのか」と大声で聞いた。するとお坊さんに「ああ、大丈夫大丈夫。みな、これをここに運ばせるためにあったことやから。ここにこれは収まったからもう、なにもないわ」と、にこにこ笑いながらいわれて、やっとなんだか安心した。

お寺を後にして、車で帰路についた。今度は工事も渋滞もまったくない。そのままスムーズに最初に待ち合わせた場所に戻った。

「これ、アルバイト料な」とIさんに封筒を渡されたが、気になって仕方がない。

「おい、教えてくれ。あれ、なにを運んだんや」

するとIさんは「そやな。いわんとあかんな。仕事、終わったから正直にいおか」と、近くの喫茶店に入った。ここで初めてFさんは、こんな話を聞かされたのである。

あの長細い箱に入っていたのは、日本刀だった。いわれのある名刀らしいが、Y家のものになってから、ろくなことがなかったらしい。まず、奥さんが原因不明の病気で入院して、ようやく退院できたと思ったら、息子が交通事故で重体。さらに、娘も難病を発病して、今も入院しているという。

Yさんも仕事で急に負債をかかえたり、従業員の間にも不幸が重なったそうだ。この刀が原因なのではないかと、あちこちに供養やお祓いを頼もうとしたが、「うちではそんなすごいモノ扱えません」と断られつづけた。

　ようやく供養してくれるというお寺がみつかり、家の人が持って行こうとしたら、車のエンジンがかからない。仕方ないのでタクシーで行こうとしたら、渋滞や工事などで全然行くことができない。

　どうすることもできなくなって、霊能者だのなんだのに相談しているうちに、Iさんのところに話がまわってきたそうだ。

「まぁ無事になんとか運べたんは、お前のおかげかもしれんな」という。

　Fさんはここではっとした。

「お前、車持ってるよな。なんで俺の車で運ばせた」

　するとIさんは「俺の車？　運ぶ途中で壊れた」と笑うと、「今日はありがとと」と、いい残してさっさと帰って行ったという。

第六十九話　アルプスの山小屋

Hさんは以前、北アルプスの某所で百人くらいが宿泊できる山小屋を経営していたことがあるという。泊まり込みの長期契約で、A君というアルバイトを雇った。

このあたりは御来光が綺麗《きれい》だということで、大勢の登山客が宿泊し、朝早くに出て行く。

その日もそんなにお客が多いわけではなかったが、スタッフたちは真夜中に起きだして、お客さん用のおにぎりを総出で作っていた。

ところが、A君が起きてこない。

「なにしてんだ、あいつ」とHさんは、A君が寝ている二階の部屋に起こしに行った。

A君はベッドで布団を頭からかぶってまるまっているが、起きてはいるようだ。

「おい、なにしてんだ。早く起きて、台所へ来い」

Hさんがいうと、「無理です、無理です」と布団にくるまったまま、A君が返事をする。

「無理って、なにいってんだ。とにかくもう起きろ」

「無理です、無理です」

なにをいっても、A君は布団から出ようとしない。

そのとき、階下から呼ばれたので、A君をそのままにして、Hさんは下へ降りた。

慌ただしいひと時が終わり、お客さんを見送った従業員たちは、やっと自分たちの朝食の時間となった。だがA君はまだ降りてこない。

もうすっかり日も昇り、従業員たちが掃除にかかっていると、やっとA君が降りてきた。荷造りをして、帰り支度をしている。

「一体、どうしたんだ」

渋るA君から、ようやく事情を聞きだした。

前夜のことだという。

消灯時間になると、小屋の灯《あか》りも外灯も全部消えて、あたりは真っ暗になる。毎日、それまでに生ごみを、処理用のドラム缶に捨てに行くことが日課になっている。A君は、それを忘れていて、消灯時間のあとに生ごみを捨てに行ったのだという。

山小屋を出て雑木林を抜けると、小川に小橋がかかっている。ドラム缶はその橋を渡ったところにあるのだ。両手にゴミ袋を持つと懐中電灯が持てないので、A君は明かりを持たず真っ暗な雑木林に入って行った。

わずかな月明かりだけを頼りにドラム缶に辿《たど》り着き、さあ帰ろうと小橋を渡った。

その途中、ぽんと、肩にあたったものがある。

人だと、瞬時にわかった。

ゾッとした。

こんな時期、こんな時間、明かりのまったくないこんな場所に人がいるわけがない。

厭《いや》な予感がして振り返ると、わずかな月明かりに照らされた、人影が立っている。

総毛立った。

「わあー」と大声を上げて、橋を渡りきって林に入り、山小屋へと一目散に走った。

その間、ぽん、ぽん、と何人かの人影と当たっていく。

これは絶対お化けだ、と半泣きになりながら、ようよう山小屋に着き、そのまま寝室に駆け込むと布団を頭からかぶって震えていたのである。

布団の外には確実に人の気配がして、怖くて頭を出すことができない。そのまま朝まで過ごし、Hさんが起こしに来たときもまだ恐怖に震えていたという。

それを聞いたHさんは、それまでの給料を払って、黙って下山を許した。

ほかの従業員にも一切話していなかったが、ちょうどその橋のあたりで何人かのツアー客が落雷で死んだ事故があったという。

第七十話　後ろ姿

大学生のT君が、友人と二人、真夜中の坂道をコンビニ目指して歩いていた。

すると、いつの間にか二人の前を、腰まである黒髪の白和装の女が歩いていた。

外灯の下を通るたびに、明かりに照らされて、白和装が映えて見える。

「えっ、白い着物で無地って、死装束ってこと？」

友人がそういった。確かに妙だ。

だが、その後ろ姿はなんとも艶《つや》っぽく、その歩き方も美しい。

「あの女の顔、見たくない？」

「見たい」

「よし、次の辻《つじ》、右な」

辻まで来ると、右の道に折れて、全力で走って先回りをして、もとの道に戻った。

「あれ？」

追い越したはずの女がいない。

「ほら、あっち」と友人が指差した。

後ろ姿の女が、先を歩いている。その距離感が、前のときと同じだ。

まさか、あの女も走った？

いや、着物だし……。

「もう一回やってみる？」

「よし」

次の辻で、また右に折れると全速力で走って、もとの道に戻った。

やっぱり追い越したはずの女が、先ほどと同じくらい先を、後ろ姿を見せて歩いている。

ついておいで、と誘われているような気がしてきた。

コンビニに着いたということもあって、女の顔を見ることは諦《あきら》めたが、なんとしても見てみたいという衝動を抑えるのが大変だったそうだ。

第七十一話　突き落とされた

ずいぶん前の初秋のこと。Ｆさんの住む町の外れに、廃ビルがあったそうだ。その屋上に、女の幽霊が出るという噂があった。飛び降り自殺をした人で、オーナーの愛人だったとか、妊娠していたとか、いや違う、中に入っていたテナントの店長だとか、お客だとか……真相はわからない。

しかし、実際に見たという人はいたようで、地元の人たちは恐れて決して足を踏み入れない場所だった。

ある夜、Ｆさんたちは友人の家で呑《の》んでいて、「肝だめしに行こうぜ」という話になった。「あの廃ビルへ行ってみよう」とだれかがいいだし、酔いもあってか、行こうということになった。男三人と女二人。お酒の呑めないＹさんの車に乗り込んだ。

ビルには鍵《かぎ》すらかかっておらず、侵入することは容易にできた。八階建てのビルの屋上にみな座り込んで、また飲み会となった。

女の子もいて、お酒も入っていたからだろうか。

「こんな場所、別に怖《こわ》ないし、幽霊なんて全然平気だし」だれかが大声でいった。

すると、風向きが変わった。

いや、屋上全体の空気が急に張りつめたのだ。

Fさんは、急に厭な動悸《どうき》がして、背筋に悪寒が走った。

そんな感覚は初めてだった。

全員なぜか同時に押し黙り、ある一点にみなの視線が集まった。

立っている。屋上の隅のほうに、血まみれの女が。

真っ赤に染まったボロボロの服に、腰までの長い髪の毛。顔も血を浴びているのか、どす黒い。全体が薄汚れているなかで、白目の白だけがくっきりと印象に残る。

「わっ、出た」

だれかのひと言で、みんな、金縛りのような状態から解け、わっと我先にと、塔屋へと走った。すると、女は長い髪をなびかせながら、すうっと移動してきて、あっという間に塔屋のドア前に立ちはだかると、両手を広げてニタリと笑った。

「わたし、突き落とされたの」

女は確かにそういった。

絶叫が屋上に響いた。

みんな、その女から少しでも離れようと、屋上を逃げ回った。

だが、女はその行く先、行く先に、両手を広げて立ちはだかり、ニタリと笑っては
「わたし、突き落とされたの」をくりかえす。

とうとうみんな、その女の前に膝《ひざ》をついて謝りだした。

「ごめんなさい。でも、俺たちじゃないです」

「私も違います。許してください」

Fさんも、助かりたい一心で、土下座をした覚えがあるという。

すると、女は満足そうな表情を浮かべると、ふっと掻《か》き消えたのである。

「わっ！」

みんな塔屋へと逃げ込み、腰が抜けたような状態で階段を駆け下りた。

どう帰ったのか、その後の記憶はほとんどない。

女の子二人は、それから発熱して四、五日寝込み、運転をしていたYさんも、数日後、運転中に事故を起こし、重傷を負ったという。

第七十二話　嘘つけ！

あれから十年ほどして、この廃ビルは取り壊された。

そのことはFさんも知っていた。会社の同僚でお寺の息子がいて、この廃ビルの除霊式の依頼を受けたのは、そのお父さん、つまりその寺のご住職だったという。

ビルの解体工事は、トラブルだらけで、スムーズに行かなかったらしい。電気系統のものは動かなくなるし、怪我人もどんどん出る。夜中に警備員が何度も出動させられる。なにかがビルを徘徊《はいかい》しているらしいが、行ってもだれもいない。

そのうち、幽霊を見た、といって怖がって現場を辞める人も多数出てきた。

そこで、業者が除霊式を企画し、その寺の住職が呼ばれたのである。

ただし住職によればそれは、正式には除霊ではなく、浄霊というらしい。

ずらりと並んだ工事現場の作業員の前で、一人読経《どきょう》する住職の前に、その女は現れた。血だらけの女は、お経など効かない、ということを誇示するかのように立つと
「わたし、突き落とされたの」とニヤリと笑ったそうだ。

すると住職は、「嘘つけ！」と一喝《いっかつ》した。

途端に、女の不気味な表情が一転し、悲しそうな顔になると、すうっとフェードアウトしていくように、徐々に消えていったという。

「さすが、ご住職」

「やっぱり修行なさった方は違う」と、作業員たちから賞賛の声が上がった。

すると「わたしは幽霊を見たのは初めてや」とご住職は落ち着いている。

しかし、幽霊をひと目見て、「嘘つけ」といったということは、幽霊についていろいろ知っているということではないのか。

そう聞かれて、住職は静かにこういった。

「幽霊を見るのは初めてやったが、死体なら山ほど見ている。その損傷具合でいろいろわかるものなんです。さっきの幽霊は、血だらけでいかにもという体やったけど、八階から突き落とされたなら、あの程度の傷ではすまない」

そして、八階付近から落ちる死体の破損度、突き落とされた死体と、自ら飛び降りた死体の違いなど、いろいろ説明した。

ほほぅ、と作業員から声が漏れた。

「だから一瞬で、あの女が嘘ついてるとわかったんで、『嘘つけ』と一喝したんです。死んでまで嘘つかんならんこの業《ごう》は、なんやろな」

そういって、今度は死者を弔《とむら》うためのお経を読んだ。

翌日から怪しげなことは起こらなくなり、無事、解体作業は終わったという。

第七十三話　ベビー・ベッド

ある春の昼下がり、U子さんは赤ちゃんを寝かしつけ、自分もうとうととした。

はっ、と目が覚めた。

ベビー・ベッドの中で寝かしつけたはずの赤ちゃんが、床の絨毯《じゅうたん》ですやすやと寝ている。

あれ？

ベッドを見ると、どこから来たのか、中で猫が子猫を産んでいた。

もちろん赤ちゃんが自分で柵《さく》のあるベッドから出られるわけがない。

家にはU子さん以外、だれもいない。

うとうとっとした、ほんの数分の出来事だったそうである。

第七十四話　ここを出い

あるご住職からお聞きした話である。

まだ若く、修行の身であった頃、夜の山中の修行堂で蠟燭《ろうそく》の灯を頼りに、一人経を読んでいた。すると、

「ここを出い」

という声が、どこからともなく聞こえた。

なんやろ、と耳を澄ますがこんなところにこんな時間、人がいるはずもない。

目を経典に戻すと、

「ここを出い」

とまた聞こえた。天井からだ。それも響くような男の声。

「はよ出い」

胸騒ぎがした。身の回りのものをひっ摑《つか》むと、表に出た。

その途端、地鳴りがした。

とにかく闇の中を走った。

すると背後で土砂が落ちるような轟音《ごうおん》が聞こえた。
朝、戻ってみると、お堂は土砂の中に消えていた。
「天狗《てんぐ》の声ですわ、あれは」と住職は笑った。

第七十五話　法事の夜

Mさんの家は徳島県の山の中にある。本家筋なのだそうだ。

周囲に人家はほとんどなく、夜は漆黒の闇となる。

そのM家で法事があった。この日ばかりは親せき縁者がみな集まってくる。

夜に宴会となった。するとずいぶんと遅い時間にTさんが到着した。彼はトラックの運転手。その彼が玄関に立つなり、真っ青な顔をして「えらいもん見た、えらいもん見た」と震えている。

「そんなとこ突っ立っとらんと、こっち上がってこいや」と家の者がいっても「えらいもん見た、えらいもん見た」というばかりである。

とにかく上がってもらって、コップでお酒を一杯呑《の》ませた。

Tさんは堰《せき》を切ったように話しだした。

M家に来る途中に、沼地のところにカーブがある。そこを曲がった途端、ヘッドライトが妙なものを照らしだした。

女だ。

髪の毛が背中まである白い女。

瞬時のことではっきりとはわからなかったが、沼地から上がってきて、そのままずるずる道を這《は》っているようだ。

あっ、と思ったら、ドン、と車がなにかを踏んだ感触があった。

慌てて停めてみるが、なにもない。

だが、ヘッドライトがなかったら真っ暗闇のあんなところに、人がいるわけはない。

消えたというのも合点がいかない。

話を聞いた一同が、車を出してその沼地へ行ってみたが、道にはなんの痕跡《こんせき》もなかったという。

第七十六話　ノイズ

Sさん夫婦が静岡県のあるペンションに泊まった。

夜中二時ごろ、Sさんはトイレに起きたが、その後眠れなくなった。

奥さんはぐっすりと熟睡している。

映画のDVDが一枚だけ、テレビ棚の中に入っている。

これでも観ようと、ビール片手にソファに腰かけ、映画鑑賞をはじめた。

するとたまに、ジャッとテレビにノイズが入る。それがアナログの放送開始前の砂嵐の状態に似ているのだ。

テレビを観ているわけじゃないのになあ。

また、ジャッと入った。すると、部屋の入口のドアノブをがちゃがちゃと回す音がした。

えっ、だれ？

ギィとドアが開いて、バタンと閉まる音がした。

だが、現実にはドアは閉まったまま。

人が入ってきた。

そんな感覚がした。

いや、確かに気配がする。

ジャッ、ジャッとテレビのノイズがひどくなった。

いる。女だ。

ひどく痩《や》せた女が、ノイズの入るテレビに映りこんでいる。

ドアの前にゆらゆらと揺れながら立っている。

だがDVDの画面に戻ると女は消える。ジャッとノイズが入るたび、女は一歩、一歩、こちらに近づいてくる。だが、ドア付近を実際に見ても、女は見えない。

ジャッ、ジャッ、ジャッ、ノイズの間隔が短くなり、女が近づいてくる。

その気配、息遣いも伝わる。鳥肌がたってきた。

そして明らかに、Sさんの真正面に来た。

テレビはノイズ一色となり、白人の女が自分の真ん前に立っているのが映りこんでいる。吐息がかかった。

後の記憶がない。気がつけば朝だった。

奥さんはもう起きていて、Sさんの顔を見ると「夜中、怖いことがあった」と青ざめた顔でいう。

奥さんは、四時に起きて眠れなくなった。そして、棚にあったＤＶＤを観ようとしたら、テレビにノイズが……と、Ｓさんとまったく同じ体験をしていたのだ。

しかし、ＤＶＤはＳさんが観ていたままで、棚には戻していないはずだ。

部屋というより、そのＤＶＤに怪異の原因があるのだろうか。

外国製の聞いたこともないホラー映画で、題名も内容もまったく覚えてないという。

第七十七話　水滴

映画監督のTさんは、編集作業で夜遅くなった。

奥さんが車で迎えに来た。

奥さんの運転で、国道を千葉に向かう。

東の空に太陽が昇りはじめ、あたりも白んできたとき、ポタポタポタポタッと、フロントガラスに三滴の黒い水滴が落ちてきた。

ワイパーでふいた。

水滴が引き伸ばされ、フロントガラスが赤く染まった。

「血！」

慌てて路端に車を停めてよく見た。

まぎれもない血だった。

第七十八話　四人目の落札者

人形コレクターのS子さんの知人の話である。

M美さんは、ネットオークションに男女双子の市松人形が出ているのを見つけた。

M美さんは人形には一切興味がなかったらしいが、なぜかこのとき、たまたま見た画像を見て、魅入られたのである。

人形は別々に出品されている。両方ほしくて入札したが、女の子の人形の値段が吊《つ》り上がっていって、結局男の子の人形だけを落札した。

届いた人形は自分の部屋に飾った。

何カ月かして、落札できなかった女の子の市松人形がまた出品されているのを知った。出品者は同じ人だ。値段も安くなっている。

キャンセルでもあったのかな、と駄目もとで入札した。

すると今回は落札できた。

人形が届いたとき「届きました」と出品者にメールをしたが、このとき「なぜまた出品されたのですか？」と質問した。

返信はなかった。それがまた気になった。

何度も何度もメールを送っていると、「返品しないという約束でしたら、お話をいたします」という返信があった。

「実は、あなたが四人目の落札者です」という。

一人目は、この人形を気に入ってガラスケースの中に入れて飾っていた。ところが、朝になるとガラスケースが空になっていて、人形は別の場所に移動している。

「あれ、なんでこんなところに？」と不思議に思う。その人には子どもが一人いるが、人形は手の届かないところに置いている。

子どもに聞いても「さわっていない」という。人形をガラスケースに戻すが、また朝になるとケースが空になっていて、別の場所で見つかる。

そんなことが毎朝続く。

一度など、起きると枕もとに人形があったらしい。

一体、なにが起こっているのだろう？

夜通し人形を見ていることにした。

夜中の二時。ガラスの中の人形の胸のあたりから、黒い煙のようなものが出てきて、やがてケースの中に煙が充満して、中が見えなくなった。

と、バン、とケースのフタが開いて、ごろんと、人形が出てきて床に落ちた。

慌てて拾い上げると、人形の顔が笑っていた。それで怖くなって送り返してきたのだという。

また、オークションに出すと、二人目が落札。この人も一週間ほどして、まったく同じことをいって送り返してきた。

そして、三人目も同じ。

四人目が、M美さんだったわけである。

嫌なこと聞いたな、と後悔した。

第七十九話　双子の人形

M美さんは、新しく届いた女の子の市松人形を応接間に飾った。

やはり、ガラスケースの中に収めたが、人形がケースから出ることはなかった。ただ、気のせいか、その表情が日に日に険しくなっていくように見える。

やがて、妙なことが起こるようになった。

ある日、友達が遊びにきた。すると「今、親せきの子でも遊びにきてんの？」という。

「えっ、なんで？」

「だって今、トイレから出て廊下を見たら、小さい女の子がいたよ」とか、「さっき女の子がいて、髪の毛を後ろから引っ張られた」とか「隣の部屋、走り回ってるのだれなのよ」などという。

そういえば、M美さんも、隣の部屋を小さな子どもが走り回っているような音を聞くのだ。

高校生の弟はいるが、幼い子どもなどいない。ただ、出品者から妙な話を聞かされた後だけに、あの人形じゃないかしら、と思うようになった。

M美さんの部屋に飾ってある男の子の市松人形にも、不思議なことが起こりだした。

この人形は、両足を前に伸ばして座っていて、足袋《たび》の裏が正面に見える。

この足袋が、朝になると汚れているのだ。すぐにふいて綺麗《きれい》にするのだが、また朝になると汚れている。

この子は夜中に歩いているんじゃないかしらと、そんな想像をしてしまう。

双子の人形を別々に置いているのがいけないのかな。

そう思って、男の子の人形を女の子の人形ケースの隣に置いて、並べて飾ったのである。


その夜のこと。

M美さんは寝ていて、ふと目が覚めた。体が動かない。

枕もとにだれかがいる。顔をのぞきこんできた。おばあさんだ。

恐ろしさに気が遠くなりかけた。

そのとき、あっ、と気がついた。おばあさんの着ている着物の柄が見える。それが女の子の人形が着ているものと同じ。

そのまま気絶した。

朝起きると、あのおばあさんの姿がはっきりと目に焼きついている。

「あれは夢なんだ、夢なんだ」と思い込もうとした。

家族で朝食を食べていると、弟が「姉ちゃん、俺、昨晩、あの人形の着物と同じものを着たおばあさんを見たよ」という。

父も母も同じく、目が覚めると体が動かなくて、やはり同じ着物のおばあさんを見て、気絶したようだという。

「なんかあるよ、あの人形……」

お寺さんにお焚《た》きあげしてもらうか、預かってもらうかどちらかしかない、ということになって、さっそくその日の夕方、家族揃って檀家《だんか》のお寺に人形を持っていった。

住職はそれを一目見て「あっ、これはうちでは引き取れません。手に負えないです」といって受け取りを拒否した。

仕方なく、持って帰った。

すると、夜遅くにその住職から電話があった。

「一つ方法があります。ガラスケースのフタを封印すると、最悪の事態は免れます」

そういって、封印の方法を教えてくれた。

二体の人形は、封印されて、そのまま応接間に並んで置かれたままだという。

第八十話　人形の写真

S子さんがその話を聞いて、「その人形の写真をもらえませんか」とメールをすると、M美さんが撮ったという人形の写真が送信されてきた。

ところが、ファイルを開いてみると、何枚かは真っ黒でなにも写っていない。

何枚かには人形が写ってはいるが、二体並べて撮ったものは、男の子の人形ははっきり写っているが、女の子の人形だけ、顔が全部ブレている。

女の子の人形だけ撮ったものは、ガラスケースの縁ははっきり写っているが、人形の顔はやっぱり全部ブレている。

つまり、女の子の人形は、一枚として、ちゃんと写真に撮れていないのだ。

「男の子の人形の写真だけでも、ホームページに掲載したいんですけど、許可をもらえませんか」とメールを送った。

OKが出たと思ったら、写真のデータが消失してしまった。

「もう一度、男の子の人形の写真だけでも撮りなおしてもらえませんか」とメールをした。

翌日「家に帰れなくなりました。写真は撮れません」と返答がきた。

M美さんの家は福島県にある。

大震災で、被災したのだ。

今もまだ無人の状態のM美さんの家に、双子の人形は並んで置いてある。

一度、許可が出て家に帰ってみたら、家は半壊しているのに、ガラスケースに傷一つなく、人形は二体とも倒れてもいなかったという。

第八十一話　悪戯

人形コレクターのS子さん。
部屋の中は、人形でいっぱいだ。
外出しようとして、鍵《かぎ》を探した。
いつものところを探しても、ない。
「ない。あれ？　そんなはずないんだけどなあ」
心当たりのところを探すが、みつからない。
でも、絶対いつものところに置くよな。
ふと、人形たちが目に入った。
一体の洋風人形がなんだかニヤニヤしている。
「あの子、なにかしたかな？」
その人形を持ち上げると、スカートの下に鍵があった。

第八十二話　コレクター

S子さんは、人形好きな仲間たちを集めて、ドール・イベントを開催している。一般の人たちにも開放して、自慢の人形を見せ合い、情報交換をし、人形を売買したり、小物を買ったり、オークションを行ったりする。

その会場で、一人の男性と知り合った。

Nさんは三十歳半ばだ。六十センチほどの球体関節人形をかわいがっていて、いつも抱いている。

ドレスを買ったり、小物を買ったりして人形に与えている。S子さんはそのNさんのみならず、なんだか人形も幸せそうな表情をしていると感じていた。それからは、ドール・イベントを開催するたびに、Nさんが姿を見せるようになった。

あるとき、このNさんに彼女ができた。その彼女も、S子さんの人形仲間だ。彼女はNさんが人形好きなのは認めていて、近く結婚を前提に同棲《どうせい》するのだと聞いた。

ところが、その後、彼女に会うたびにどこか怪我をしている。

どうしたのか聞いても、「ううん。なんでもない」と首を横に振る。

ところがある日、彼女が大怪我をして、病院に入院したと聞いた。見舞いに行って、話を聞きだした。

会社から帰って部屋に入った途端、家の箪笥《たんす》が突然倒れてきて、その下敷きになったという。

「あの人形が怖い」

初めて彼女はそんなことをいいだした。

今までこんなことがあったそうである。

家で掃除をしていると、視線を感じる。

それがなんだか嫌な視線なのだという。

台所に立つと、包丁やナイフが足もとに落ちる。コップなどガラス製の食器が目の前で割れる。

その割れ方も突然、破裂するのだという。

花瓶が頭の上に落ちてきたこともある。

「あの人形が、どうやら嫉妬《しっと》しているみたい。結婚も近いし……」

「Nさんに相談してみたら?」といってはみたが、Nさんがあの人形を手放すはずはない。

ところが、相談してみたら、「信用できる人にだったら預かってもらっていいよ」

といってくれたのだという。

それで、いろいろ電話してみたところ、ある男性が名乗りをあげた。次の日、人形をトートバッグに入れて、待ち合わせの喫茶店に行った。

いろいろ事情を話して、人形をバッグごと椅子の上に置いた。

「じゃ、よろしくね」

立ち上がろうとすると、袖《そで》を摑《つか》まれた。

はっと見ると、バッグの中から人形の右腕が伸びていて、彼女の袖をつかんでいる。

「あ、俺、これ、預かられへん」

男性は帰ってしまった。仕方ないので家に持って帰って箱に入れて、押入れの奥に隠した。その翌日のことだという。簞笥が倒れてきたのは。

その後は、あまり彼女とやりとりしなくなった。

結婚はしたというので、祝電を送った。だがそれからは会わなくなった。

何年かして、久々にNさん夫婦はドール・イベントに姿を現した。

Nさんは片手で人形を抱き、杖《つえ》をついていた。歩くのが不自由そうだ。その隣に奥さんとなった彼女が付き添っている。

結婚後間もなく、Nさんの左足が麻痺《まひ》しだしたという。

それからはまた毎年、夫婦揃ってドール・イベントに姿を見せるようになったが、声もかけられなくなった。Nさんはもう歩行不可能となり、車椅子生活を余儀なくされ、今度は左目を失明したらしい。

その翌年から、夫婦は姿を見せなくなった。

その後聞いた話によれば、Nさんは家から出ることができなくなり、ずっと人形と一緒に生活しているという。そして、奥さんが働いて、彼を食べさせているのだそうだ。

第八十三話　姉の人形

ＯＬのＡさんは、いろいろな人形をコレクションしている。

ある日、仕事から帰ると、玄関に新聞紙に包まれた荷物がおいてあった。

なんだろ？

宅配便のラベルが貼ってあるわけでもない。取りあえず応接間に持って行って、テーブルの上に置いた。

しばらくして、高校生の弟が帰ってきた。

なぜか頭に包帯を巻いていて、服も汚れている。

応接間に入った瞬間、弟は、「あーっ、あーっ、なんでなんで？」と絶叫している。

「これ、なんでここにあるの？」

「これ、あんたの？　帰ったら玄関にあったから、私がここに置いたんだけど」

そのまま弟は絶句した。

「それよりなに、その包帯。怪我でもしたの？」

「姉ちゃん、ごめん」

突然、弟が頭を下げた。

お小遣いほしさに姉の部屋に勝手に入って、金になりそうな人形の写真を撮って、ネットオークションに出品したそうだ。

するとすぐ買い手がついた。

宅配便で出そうと、人形をガラスケースごと新聞紙に包んで箱に入れ、バイクの荷台にくくりつけると、バイクを飛ばした。

すると途中で、車と接触事故を起こした。運の悪いことに、たまたま工事現場のマンホールが開いていて、そこに落ちて、汚水をずいぶん飲み込んだという。

病院に運ばれ、怪我は奇跡的に大したことはなかったが、胃洗浄をされて大変なことになったらしい。

事故を起こしたとき、バイクは倒れ、後ろにくくってあったケースもふっとんだそうだ。

だが、新聞紙の包みは、その箱の中にあったはずの、人形の入ったケースのようだという。

慌てて開けてみると、まさしくAさんの人形だった。

ガラスケースには傷一つついていなかった。

第八十四話　婿探し

　S美さんが東京の某大学に通っていた頃の話だ。

　彼女と同じ学科、学年で、モデル並みに綺麗《きれい》なJ代さんがいたという。どこか田舎の旧家のお嬢さんだと聞いたことがある。

　J代さんは、大学中の男子のマドンナ的存在となり、彼女に従っている男の子もたくさんいた。

　だが「あの子はやめとけ」と、先輩のOさんがいう。

「どうしてですか？」

「俺、実はあの子と同郷なんだ」と、こんな話をしだした。

　J代の家は、地元では有名な富豪である。ただ、その血筋は、昔から大勢の人を殺し、その犠牲の上に成り立っている。

　その家には、なぜか男子は生まれない。生まれるのは必ず女の子だ。

　だから長女は跡取り娘となって、必ず婿養子をもらわなければならない。

　この跡取り娘は、屋敷内に一つの部屋をあてがわれるという。

人形部屋、と呼ばれる部屋だ。

部屋には棚がいくつもあって、そこにいろいろな人形が置いてある。なにかあれば、人形を買ったりもらったりして、婿養子を迎えるまでに、棚を人形で埋め尽くすことが掟《おきて》のようにある。

家にいるときは、毎日、人形の服を着替えさせ、朝、昼、晩と食事をあげては、下げる。これを怠ると家の娘とはいえ、早死にするらしい。

また、婿に迎えた男性も、子が授かると死ぬ。

跡取り娘ができたら、集めた人形を全部骨董《こっとう》品屋に流して、また、娘に人形を集めさせる……。

「地元の人はそれを知っているので、だれもその家に近づかないし、ましてや養子にやるなんて考えられない。だから、J代のように東京の大学で教育を受けさせながら、婿を探して連れて帰るんだよ」

そんな話をしているOさんに、「土地の話をすると、お前も呪われるぞ」

と、背後からいった者がいる。

J代さんだった。

それだけいうと、彼女は立ち去り、間もなくしてOさんは大学に来なくなった。

風の便りで、交通事故で亡くなった、と聞いた。

第八十五話　ミリタリージャケット

大阪のある古着屋に、四十代の男性が米軍のミリタリージャケットを一着売りに来た。

店長がうなるほどの、かなり貴重なものだったらしい。

査定して、「これでどうです」と聞くと「これでええんや」と男はいって、そのお金を受け取って帰っていった。

「店長、これボクがほしいくらいですわ。まぁ、手がでませんけど」と従業員たちも興奮している。

一九五一年に米空軍が支給したジャケットだという。こういうものは年を経るごとに改良されるので、この型のものは一万着に一着出るかどうか。かなりマニアックなものだ。ある映画でスティーブ・マックィーンが着ていたということもあって付加価値もある。おそらく二度と出回らないだろう。

さっそく、コレクターのお得意さんに連絡をすると、翌日には姿を見せて、カード分割で持って帰った。ところが翌日、朝一番にこのお得意さんがやって来て「これ、ひきとってくれ。こんなん初めてや」と訴えた。

安い買い取り価格を提示したが、なにもいわずジャケットを置いて帰った。

「なんかあるな、コレ」と店長。

「そういえば、これ売った最初のお客さん、『これでええんや』といっていたのが気になるんですけど」

店に出すか出すまいか、店長が迷っていると「じゃあ、ボクに売ってください」と従業員の一人がいうので、安い価格で持って帰ってもらった。

次の日の朝。

目をまっ赤にした従業員が「やっぱりコレ、返します」という。

「なにがあってん？」

「いや……ヘンな夢見るんです。殺される夢です」

「殺される夢？」

「ともかく、コレ、あきません」

それ以上は教えてくれない。

店長はジャケットを持って帰った。その夜、夢を見た。

アメリカの荒野の真ん中にまっすぐ延びる道路を、自らの運転でドライブしている。

車は左ハンドル。どんな車かはわからない。

タイヤがパンクした。

道路の真ん中で立ち往生した。

車を降りて、タイヤを見る。困っている自分がいるが、英語で考えごとをしている。

後ろから一台の黒いセダンがやって来て、目の前で停まった。

二人の白人男性が英語でなにかをいいながら近づいてきて、いきなり拳銃《けんじゅう》をこめかみにつきつけられた。恐怖が走る。

パァーン。


はっ、と目が覚めた。いやな汗で体がびっしょりだ。

夢って、これのことか？

ジャケットをよく見た。胸と肩のあたりにかすかに血痕《けっこん》がある。

朝まで同じ夢をくりかえし見て、そのたびに飛び起きた。

ジャケットは翌日、東京店にまわしたらしい。

第八十六話　楽屋童子

昔、大阪梅田《うめだ》に小演劇やお笑いライブがよく開催されていた劇場があった。

この楽屋には、出るという噂があった。

開演前、女優のWさんが、楽屋の鏡に向かってメイクの直しをしていると、膝《ひざ》のあたりにもぞもぞとした違和感を覚えた。

だれかいる！

はっとして、足もとを見ると、膝を抱えてWさんを見上げている男の子がいた。

えっ、と思うと、その子は化粧台から這《は》い出して、タタタタッと部屋の中を走って、吊《つ》り下がっている衣装の中に隠れると、そのまま姿を消した。

また、開演前、俳優のKさんが楽屋で昼寝をしていた。

ふと、気配を感じて目を覚ます。

男の子がのぞきこんでいる。

「なんや！」とびっくりして起き上がると、その子はもうそこにはいない。
楽屋のドアがガチャリと開いて、すぐバタンと閉まった。
タタタタッと廊下を走る音。
慌ててドアを開けて廊下を見たが、だれもいない静かな廊下があるだけ。
そちらも小学四、五年生くらいのかわいい、半ズボン姿の少年だったらしい。
この子どもが姿を現したときは、必ず芝居は、大入りの満員になるそうである。

第八十七話　足

本屋に勤務しているW子さんは、以前、気持ちの悪い家に住んでいたことがあるという。

もともと彼女の家は大阪だったが、父の仕事の都合上、いったん博多《はかた》に住み、また大阪に戻ることになった。ところが実家を人に貸していたので、すぐに出て行ってもらうわけにはいかず、しばらくの間、一軒家を大阪郊外に借りて、一家で住んでいた。

その家が、なんだか気持ち悪かったというのである。

なにがある、というわけではない。

ただ、昼間でも暗く、家の中の雰囲気もあまりよくないような気がする。

特に、二階が気持ち悪かった。前の住人が置いていった家具などがそのまま部屋にあって、なんだか人がいるようで、どうも落ち着かない。

お母さんも「なんだかここ、気持ち悪いね」と嫌がって、家族はあまり二階の部屋に入りたがらない。

しかし、具体的になにを見るということも、なにを聞くということもない。

一度だけこんなことがあったらしい。


ある夕方近く、仕事から帰ったらだれもいなかった。

お風呂《ふろ》に入って、脱衣所で体をふいていたときのこと。

頭から肩、胸、腹とだんだん下を向いてふいていき、足をふこうとした。すると、脱衣所と廊下の間にかかるカーテンの下の部分に目がいった。十センチほどの隙間があって、廊下が見えている。

とん、とだれかの足が出て、通り過ぎた。

それは裸足《はだし》で、カーテンの幅いっぱいもある巨大な足だったのだ。

「わっ、なに」と一瞬怖かったが、ちょっと好奇心もわいた。

ちらりとカーテンを開けて、足が向かったリビングの方向を見たが、なにもいない。

と、リビングにつながる階段を、とんとんとんとん、と何者かが駆け上がって行った音と気配がした。

そのとき、玄関の戸が開いて「ただいまあ」と高校生の弟が帰ってきた。

「ちょっと、今、二階にだれか上がっていったんやけど、見てきてよ」

「だれかって？」

「いいから見てきて」

「泥棒なん？」

ただでさえ気持ちの悪い二階。弟もちょっと怖がりながら階段の上のほうを見て、ゆっくり上がりだした。

W子さんがバスローブを手にしようとしたら、

「姉ちゃん、姉ちゃん」

弟の声がした。

「なに？」

どんどんどん、と階段を転がるような音がして、弟が落ちてきた。

「いってーっ」

階段の下で尻《しり》もちをついている。

「なにがあったん」

「なんや大きな足に蹴《け》られた」

聞くと、階段の上に大きな足の裏があった。指紋もある裸足の足だった。

それが、ポンと押し出してきて、それで階段から落ちたというのである。

第八十八話　鉄扉の門

塾の講師をやっているHさんが、小学五年の頃。

彼が生まれ育った愛知県の某町に、廃墟《はいきょ》の日本家屋があった。

立派な塀に囲まれていて出入口には立派な門がある。門は両開きの鉄扉で錠が閉まっていて、おまけに侵入者を阻むようにチェーンと有刺鉄線でぐるぐるに巻いてある。

学校の帰り道、その塀沿いを友達と歩くのだが、Hさんはずっとこの中に入ってみたくてしょうがなかった。

「あの家には絶対に入るな」と、普段から親や先生にキツくいわれているだけに、余計に冒険心が芽生えてきて、なんだか抑えきれない。

ある日、Hさんは幼なじみのG君、T君を誘って、塀を乗り越え侵入に成功した。

家の周りは草が伸び放題、さっきまで雨が降っていたため地面もぬかるんでいる。

家そのものは普通の家屋だが、床はところどころ抜け、壁にも穴が空いているような本当の廃墟だ。しかし、三人にとっては秘密の基地となったわけだ。

あちこち探索しているうちに、夕方となった。

「もう帰ろうか」とHさんがいうと、「ちょっと待てよ。もう少し遊んでいかへんか。かくれんぼ、どう?」とG君にいわれた。

T君も「ここは俺ら、熟知したからな。そのテストも兼ねたかくれんぼや」という。

じゃあ、とジャンケンをしてT君がオニになった。

「百数えるんやぞ」

T君を門柱のところに残し、二人は廃屋へと散っていった。

Hさんは、躊躇《ちゅうちょ》なく縁の下にもぐりこんだ。

あえて廃屋に入らないことが、簡単に見つからない知恵だとそのとき思ったのだ。

縁の下に潜むと、同時に人の気配がした。

あれ、もうアイツ、探しに来たのか?

いや、まだ数えている。

「三十一、三十二、三十三……」

じゃあ、Gのヤツか?

門の鉄扉がガチャリと開く音がする。

えっ、だれ?

すると、しばらくして、目の前をバタバタバタバタッと六、七人の人が走り去ったのである。

縁の下から見たので、足しか見えなかったが、大人だとわかった。

「あっ、怒られる」と思った。

あれだけ入るな、といわれていた廃屋。きっと見つかったんだ。

GやTたち、大丈夫かな……。

「五十八、五十九、六十……」

T君はまだ数えている。あれっ、と思う。

確かにあの足音は、門から入ってきた。だったらまずT君が見つかって、大目玉をくらうはずだ。なのに……。

するとまた来た。大人たちが走る音。バタバタバタバタッ、目の前を戻ってきた。

それが何回もくりかえされる。なのに、T君はまだ数えているのだ。

「八十八、八十九、九十……」

おかしい。ボクたちを探しにきたのなら、声を出すだろう。「お前たち、なにしてる」とか「でてこい」とか。しかし、あの大人たちはただ、ぬかるみを走っているだけだ。

「九十九、百」

数え終わったようだ。そのとき、バァーンと鉄扉が閉まる音がした。途端に、なぜか猛烈な睡魔がきた。

寝てしまったらしい。はっと気づいたらもう外は暗くなっていた。

あっ、GとTは？

するとなんだか外が騒がしい。今起きたのもパトカーのサイレンの音を聞いたからだ。

パトカー？

縁の下をそのまま這《は》って、門が見えるところまで行くと、大人たちが大勢門のあたりにいて、警察の人もいる。もう逃げられない。こうなったら正直に謝ったほうがいい。そう思って縁の下から這い出して「ごめんなさい」と大人たちの前で頭を下げた。

「お前たち、ここでなにしとった！」

すごく叱られた挙句、親も呼ばれて警察署に連れていかれた。そこでまた叱られた。

確かに入ってはいけないといわれた場所、不法侵入ということは子どもながらにわかってはいたが、親も呼ばれて警察で、ここまで叱られるのはなんでだ、今度はそんな思いがわいてきた。二人の友達のことも心配だ。

「あのう、G君とT君、どこにいます？」

すると警察の人は「G君は隣の部屋で説教されてるわ」

「T君な、門の鉄扉で首挟まれて死んでもたわ」

「Tは？　T君は？」

「ええっ！　死んだ？」

「お前ら、そういう危険なところで遊ぶからや。おそらくT君は、門を開けて無理やり出ようとして、手でもすべったんやろ。反動で戻ってきた鉄扉に頭挟まれたんや」

「そんなはずないです」とHさんは反論した。「だってあの門は錠がかかってて、チェーンでぐるぐる巻きになってて。そやからボクら、塀に上ってそこから侵入したんです」


そこで思い出した。大人たちの足。六、七人はいた。そうだ、門の鉄扉が開閉する音も聞いている。

「大人の人が入ってきたんです。ボク、見ました」

警察に縁の下で見たことを話したが、相手にされなかった。だったら門や庭のぬかるみに足跡がないのはなぜだ、といわれたのだ。

結局その夜には解放されたが、戻って両親に説教された。そして翌日、亡くなったT君の家に行った……。

G君は、終始無言だったという。

これは、後でG君から聞かされた話である。G君はどこに隠れていて、あのときどうしていたのか、まったくHさんに教えてくれなかった。しつこく聞いているうちに、実は、と口を割ったのだ。

「隠れていたのは、屋根の上だった」というのだ。

「だったら、見てたやろ。オニのT君が門柱で数えているのを。大勢の大人が門から入ってきて、家屋のまわりを走り回っていたのを。お前、なにを見たんや」

しかしG君は「なにも見てない」の一点張りで、それ以上のことをいおうとしない。また、あのときの話をしようとしたら、たちまち口を閉ざし、逃げるようにいなくなるのだ。

あれから二十数年、いまだにG君はなにも語ってくれないという。

第八十九話　悪戯心

二十六年前のこと。当時Mさんは、高校を卒業して関西から上京し、アルバイトで食いつなぎながら、二、三年を過ごしていた。

大学に入るため、予備校に通おうと思うが、お金がない。

Mさんの悩みを知った友人が、いいことを教えてくれた。

新聞奨学生制度。

新聞販売店に住み込んで新聞配達をすると、学費は新聞社が出してくれ、寝泊まりもできる。その上、ご飯も食べさせてくれて、小遣いももらえる、というのだ。

さっそく新聞販売店を探した。すると、予備校生になることを条件に、中野《なかの》にある販売店が採用してくれた。

店は、築何十年という木造の建物で、一階が店舗。朝夕トラックが配達する新聞に折り込みのチラシを挟み込んだり、区分けをするための作業場である。

その奥が食堂とリビング。リビングにはソファとテレビがあって住み込みの奨学生たちの憩いの場である。リビングの脇に階段がある。

急こう配の階段を上がりきると、細い廊下が延びている。その左右に木製のドアが七つある。奨学生たちの住む部屋で、それぞれ三畳一間。

寝るだけの部屋だ。それでも申し訳程度の机が備えてあり、ここで勉強をする。

仕事は朝夕、一時間ほどの配達業務と、チラシの挟み込みくらい。それ以外は自由時間。学費を払ってもらった上、五、六万はもらった。小遣いがほしくなったら「拡張」といって、新聞契約を新たにとってくれれば、その分お金はもらえた。

住み込みしている奨学生は全部で七人。女の子も二人いた。

新参者ながらMさんが最年長者。たちまちみんなと仲良くなり、リビングに集まっては、いろいろな話に花を咲かせた。

一番盛り上がったのは怪談だ。

「あのあばら家は出るよ」「あそこの病院でこんな話を聞いた」と、みんなあちこちから情報を持ってきては、披露した。

あるときMさんは、みんなを怖がらせてやろうと、一計を案じた。

ある日、みんなが集まって、怪談が始まった。

Mさんは「ちょっと拡張に行ってくるわ」と席を外し、店舗から表に出た。脇道に出ると電柱がある。これを上るとちょうど階段の踊り場に入れる。頃合いを見計らって、Mさんは電柱によじ登り、窓から踊り場に入ると、二階の廊下を走り回った。

バタバタバタバタ、バタバタバタバタッ。

すると下のリビングから「なんだあ」「きゃー」「出たあ」という声や悲鳴があがった。

しばらくして、Mさんはなに食わぬ顔をして、みんなのもとに戻った。

「おっ、どうした？」

みんなに声をかける。女の子は泣いているし、男たちも真っ青な顔をしている。

「今ね、二階にだれかいた」「走り回ってたよ、なあ」「大人の足音だよ、だれだよ」とみんな口々にいっている。二階に上がる階段は、リビングの脇にあるので、みんなの前を通らずに上へは行けない。

「Mさんは、外に出てたんだよな……」

「実は、あれ、俺やねん」と適当なところでネタばらしをするつもりが、あんまりみんなが真に受けているので、なかなか切り出せないでいた。すると、

バタバタバタバタ、バタバタバタバタッ。

「まただ」「さっきの音だ」「もう嫌っ」と女の子たちは耳を塞《ふさ》いだ。

えっ、と思ったのはMさんである。さっきは自分の悪戯だったが、今は自分も含め

て全員がいる。

近所の人が真似して入り込んだ……？　そんなことがあるのだろうか。

「泥棒かもしれん」と、思わずMさんはつぶやいた。

後で思うと、泥棒がわざわざあんな音をたてるわけがないのだが、そのときはそうとしか考えられなかったのだ。

泥棒、となると、話は違ってくる。みんなはバットや箒《ほうき》を手に手に、おそるおそる階段を上がった。

ところが、二階の廊下が見えてきだした途端、ピタリと音がやんだ。走っていた人は、消えた？　そんなバカな。

各部屋を見てみたが、侵入した者はいないし、その形跡もなかった。逃げ場もない。

Mさんはすぐに階段の踊り場の窓を開けて見てみたが、T字の路地にも人影はなく、また、踊り場に隠れる場所などもない。

しかし、この日をきっかけに、この音はよく聞かれるようになった。

第九十話　トイレにいるモノ

夜中、Mさんが部屋で寝ていると、「きゃあ」という女の子の叫び声が聞こえた。ドアを開けて様子を見ると、廊下のドアが一斉に開いて、そこからみんなが顔を出した。廊下の右にあるトイレのほうを注目している。

トイレのドアの前に二人の女の子がいて、一人は泣いていて、一人はその子の顔をのぞきこんで、言葉をかけている。

このトイレは、なぜか電気がすぐ消えるのだ。新しい電球に替えてもすぐに消える。電球を替えても替えても次々と消えていくので、真っ暗なトイレで用をたすこともある。だから、女の子がこのトイレを使うときは、お互いにドアの前で待ってあげるという約束をしているという。

そんなとき、トイレの中で用をたしていた女の子が悲鳴をあげたのだ。

「どうしたんや？」

Mさんが二人の女の子のもとに行って聞いてみた。

「なに？」

「トイレの中で、この子、急に後ろから背中を摑《つか》まれたって」

摑まれた？

トイレは個室のはず。

「だから、この子、怖くて泣いてんじゃないの」

泣いている子の背中を見てみた。

寒い時期だったので、その子はジャンパーを着ていたが、右の肩甲骨のあたりに、確かにくしゃっとしわができていた。

ものすごい力で摑んで、上にひきあげようとしたような形だった。

そしてその部分だけがなぜか濡《ぬ》れていたそうである。

第九十一話　引っ張るモノ

ある日、Mさんが仕事から戻ってリビングに入ると、A君という男の子が泣いていた。いつも頭をリーゼントで固め、革ジャンを着てイキがっているヤツが泣いているので「おい、泣いてるんか」とMさんは笑った。

「笑うな。笑うんだったらMさん、ここで寝てみてくださいよ」とA君は怒っている。

訳を聞くと、こんなことがあったという。

リビングのソファに寝転がってテレビを観ているうちにうとうとした。すると、急に何者かに腕を強く引っ張られた。

はっと目が覚めたが、だれもいない。

しかし、引っ張られた感覚は、まだ残っているという。

「またまた、バカなことを。そんなんで泣いてんの？」

「じゃあ、Mさん、一人で寝られますね」

売り言葉に買い言葉。それに最年長というプライドもある。

「あー、寝たるわ。一番怖い時間に寝たるわ」

そんな約束をしてしまった。

夜、みんなでテレビを観ていたが、時間が遅くなるにつれ「じゃ、おやすみなさい」「Mさん、おやすみ」と、次第に部屋へと戻って行く。

「Mさん、がんばってね」と最後の一人がリビングから消えた。

この周辺は住宅地なので、夜中はしーんとして不気味なほど静かだ。

ぶるっと震えがきた。

「あかん、怖いもんは怖いわ。オレも片意地張らんと、部屋戻って寝よ」

そう思ってソファから起きて、テレビに近寄り、スイッチを消した。

その途端、急に睡魔が襲ってきて、その場で寝てしまった。

ジャーッ、という音に目が覚めた。

音はテレビから聞こえる。放送が終わって砂嵐の状態になっている……。

あれ、テレビ消したよな。

不思議と目が冴《さ》えている。

はっ、と気づいた。

今、自分はソファの背もたれに深々と身を沈めて寝ている。左手がソファからだらんと垂れ下がっている。それを引っ張られて起きた、という記憶が甦《よみがえ》ったのだ。

「いやいや、あんなことを聞いてたからや。思い込み、思い込み」

そう思った瞬間、その左手首を何者かに摑まれ、ぐっと引っ張られた。

「うあ！」

慌てて起き上がった。

ものすごい力で引っ張られるのを、ぐっと引き寄せ、自分の左手首を顔の近くに持ってきた。

その手首を摑む、別の手があった。細いが男の手だ。

その手は、肘《ひじ》から上がなく、しかしものすごい力で締めつけてくる。痛くて痺《しび》れてきた。

「なんだこれ、なんだこれ」

その手を払いのけようと、左手をぶんぶんと振り回した。

右手で摑んで引き離そうという気は起こらなかったという。

それにさわりたくない、と本能的に思った。

ぶんぶんと振り回していると、だんだん男の手の力が弱まった。「今や！」と、左手をぶるんと回すと、ぼたん、と男の腕が床に落ちた。

えっ、落ちた！

すると、その手がくにゃくにゃと動くと、その五本の指をまるで蜘蛛《くも》の足のように動かして、ガサガサッと部屋の隅へ消えたのである。

恐怖がこみ上げてきたのは、この直後のことだった。

大声で、二階で寝ているみんなを一人残らず叩《たた》き起こした。

「勘弁してくださいよ、こんな時間に」「そんな話、よしましょうよ」と、みんなは不機嫌な顔をして、また部屋に戻って行った。

しかし、A君だけは黙って頷《うなず》いている。

Mさんの左手首には、しばらく青あざがついていて消えなかったという。

第九十二話　たすけて

　専門学校生のE君が、合コンでS奈さんという二十歳の女性と知り合い、最初のデートでS奈さんの家に招待された。この日、家族はみな出かけていて、彼女一人だというのだ。

　よからぬ妄想と期待を胸に、E君はS奈さんの部屋にお邪魔した。

「へえ、女の子の部屋って、こんななんだ」

　初めての女性の部屋、E君はきょろきょろとしだす。

「私、お茶入れてくるから、そこで待っててね」

　彼女はそういい残して、部屋を出て行った。

　E君はおちつかない。

　これからどうしようか、手くらいは握るべきか、ひょっとしたらキスくらいは……。

　E君の携帯電話に着信音がした。見ると、ディスプレイにS奈さんの名前。

　もしかしたら、手伝ってよ、ていう電話かな？

「はい」と出た。すると、

「たすけて、たすけて」と、か細い女性の声がする。

プツッと切れた。

なんだ今の。

しかし彼女からの電話表示だったので、とにかくキッチンへ行ってみようと立ちかけた。

「あれ？」

彼女の携帯電話はテーブルの上にある。

今、あの携帯から俺に電話があったよな。たすけてって、いってたよな。

えっ、どういうこと？

その携帯電話に手を伸ばそうとした途端、ガチャ、と部屋のドアが開いた。

お盆を持った彼女が入ってきた。

「なにしてんの？」

E君の手もとを見て、彼女はいう。

「ちょっとヘンなんだ。君の携帯から俺の携帯に着信があって、たすけて、たすけてっていったんだ」

「私の携帯、そこにあるじゃない」

「そうなんだ。なんだかおかしいんだ」

すると彼女は「おかしいことなんて、なあんにもないじゃない」といい、その口と目を半月型に開いてにたぁと笑ったのだ。

ゾゾッとした。

「オレ、帰る」

E君は逃げ出すようにその家を出た。

あのときの合コンを仕切った友人に電話した。

「あの子、だれ？」

すると、「それが、だれが連れてきたんだろうと思ってたら、だれも連れてきていないっていうんだ。どこの子だろう？」という。

気になって後日、彼女の家まで行こうとしてみたが、その家はどうしてもみつからなかった。

第九十三話　美女の脚

Tさんが高校二年のとき、担任のK先生が、ある日を境にゲッソリと痩《や》せてきて、休むことが多くなった時期があったという。

「K先生、ノイローゼやて」

「もう辞めるいう話や」という噂も、クラスで飛び交っていた。

しかし、ある日を境に今度は元気になって、結局卒業までお世話になった。

何年か後の同窓会に来られたK先生に「あのとき、ご病気されてたんですか?」と聞いたところ、こんな話を聞かされた。

学校へ通勤する電車に乗るため、いつもの駅の階段を上がっていた。すると、その前を行くミニスカートの女性の後ろ姿が目に入った。

K先生も男である。その美しい脚に目がいく。

ホームに上がって電車を待つが、やはりその何メートルか先で電車を待っている美脚の女性が気になって、ちらちらと目がいってしまう。やがて電車が来る。

その途端、女性はホームから飛び降り、バラバラになった。

阿鼻叫喚《あびきようかん》。

K先生も見たらあかん、と思いつつも、つい好奇心に負けて下を覗《のぞ》いてしまった。

思わず嘔吐《おうと》した。切断された美脚が目の前にあったのだ。


その夜のこと。

まだ脳裏に焼きついている駅での光景を忘れようと、お酒を飲んで寝床に入ったら、ドォーンとなにかが暗い部屋の壁にあたった。そのとき、厭《いや》なイメージがきた。

あの美脚がくるくる飛んできて、壁に当たったのだ。

もう怖くて布団を頭までかぶってぶるぶる震えた。気がついたらもう朝で、部屋を見ると別になんの異常もなかった。

ところが、その音が毎夜のように聞こえるようになった。

空耳ではない。音の後、若干の振動が部屋に伝わる。音のしたあたりを見るが、やはりなにもない。それが続く。

それから一ヵ月の間に、K先生は自殺の現場に三度遭遇したというのだ。

一度は同じ駅のホーム。このときも若い女性。

その夜からは、ドォーンというい つもの音の後、バァーンと別の音がした。それがベランダの窓ガラスに当たる。

その一週間後、マンション屋上からの飛び降りがあった。

K先生の行く手数メートル先に、サラリーマンらしき男が落下してきた。ドスン、と鈍い音がした。

その夜、音が増えた。

ドォーン、バァーン、ドスン。

それから十日ほどして、目の前でバイク事故がおきた。

若い男の腕が飛んできて、ザッとK先生の足もとに着地した。

その夜、ドォーン、バァーン、ドスン。しばらくしてザッとアスファルトを擦《こす》る音がして、K先生のベッドの脚になにかがあたったような振動が起こった。

「もうあかん……」

ゲッソリ痩せたのは、その頃のことだったという。

あまりの急激な痩せように、ある人が心配してくれ、訳を話すと祈禱師《きとうし》を紹介してもらった。その祈禱を受けたら、その夜から音は一切しなくなったという。

第九十四話　飛び降り

都内にあるデザイン事務所。

Mさんたち三人のデザイナーが残業をしていた。

時計を見ると、十時を過ぎている。

「そろそろ帰りたいなあ。けど、仕事残ってるしなあ」

そんなことを考えていると、ドッカーンと外でものすごい音がした。

明らかになにかが落下した音だ。

このビルは六階建てで、事務所は五階。駐車場が隣にあって雨除《よ》けのトタン屋根がある。そのトタン屋根に落ちたようだ。

なにが？

飛び降り？

みな、同じことを思って慌てて下へ降りて、隣の駐車場へと走った。

「おいおい、あそこオレ、車停めてんだよ。その上に落ちてたら厭だなあ」

ところが、屋根はなんの異常もないし、なにも落ちていない。

「おっかしいなあ」

「じゃ、あの音なんだったんだよ」

みんな首をかしげながら事務所へと戻った。

それから十分ほどして、パトカーのサイレンがこのビルの下に来て、なんだか表がざわざわしだした。

事務所のドアがノックされて、警察官が立っていた。

「ただ今、飛び降り自殺が当ビルの近くでありました。もしや関係者の方はおられないかと思いまして」という。

「いつですか？」

「たった今です。音しませんでしたか？　一応身元確認をお願いできますか」

「あれえ……？」

またみんなで行ってみた。

今度はトタン屋根に大きな穴が開いていて、飛び降り自殺の凄惨《せいさん》な現場があった。

飛んだのは向かいのビルかららしい。

事務所に戻って考えた。

さっきのすごい音は飛び降り自殺の音だったのだろう。

おそらく確実だと思える。

結局、飛び降り自殺があった。
だが、飛び降りたときと、その音がしたときの時間差はいったいなんなのだ。

第九十五話　崩れる顔

雑誌記者から「これは元同僚の話ですけどね」と聞いた話である。

編集のAさんと婚約しているS子さんと、二人の共通の友人であるHさんの三人が、一台の車に乗り合わせ、取材先の琵琶湖《びわこ》から京都へ、深夜の国道を急いでいた。

信号待ちになった。

薄暗い道の端に、うずくまっている人がいる。若い女のようで、泣いているように見える。

「ちょっと気になる。待ってて、見てくるわ」とS子さんは車を降りると、その女性に近寄り、声をかけた。女性は両手で顔をふさいだまま、うんうんと頷《うなず》いている。しばらくして、S子さんは女性を連れてきた。

「私ら京都に帰るねんけど、乗ってく？　て聞いたら、うん、て」

そのままS子さんと一緒に後部座席に乗り込んだ女性は、顔を両手で覆ったまま、一度も上げようとはしなかった。

車に乗っても、ずっと顔を覆って、しくしくと泣いている。

助手席に乗っていたHさんが、トイレに行きたくなったといい、車はコンビニの駐車場へ入って停車した。

二人の男性は車を降り、コンビニにS子さんを誘ったが、S子さんは、泣いている女の子を一人にできないといい、車に残った。

コンビニに入ると、Hさんがいう。

「泣いてるあの子の顔、見た？　なんかポロポロ落ちてたよな。それが気持ち悪くて、コンビニ寄ろうていったんやけど」

「俺にもそう見えたけど、涙じゃないの？」

「いや、俺、はっきり見た。手の隙間から、ポロポロと落ちてたの、あの子の顔や。顔の表面が崩れて、それが落ちてた」

「やっぱり……。あっ、S子が一人、あの車の中！」

Aさんは慌てて車に戻ったが、S子さんが口から泡を吹いて倒れていて、乗せた女の姿はなかったという。

それ以来、S子さんはまったくだれとも口をきかなくなった。雑誌社も辞め、未《いま》だに婚約者のAさんにも会おうとしないという。

第九十六話　吊りカラス

二十年ほど前、Y香さんが妊娠したときのこと。

若すぎる娘の妊娠。世間体を気にした両親により、出産するまでの期間、Y香さんは田舎の叔父《おじ》のところに預けられることになった。

預けられてしばらくした二月、Y香さんは誕生日を迎えた。

「よし、みなでカニを食べに行こう」

叔父の提案で、叔父一家と日本海へと出かけた。

車の運転はトラックのベテラン運転手である叔父。彼は北陸、近畿《きんき》の日本海の道は隅々まで知り尽くしているという。

お昼からおいしいものをたらふく食べた。Y香さんは大きなお腹をさすりながら、帰りの車の後部座席でうとうとしていると、「あれえ、おかしいな」「ここ、どこやろ」と、不思議がる叔父の声が耳に入ってきた。助手席にいる叔母《おば》も「ほんまやねぇ。ここ、看板もなにもないねぇ」といっている。

「こんな場所あったかなあ」

道に迷うはずのない叔父が、迷っているようだ。

「けどお父さん、このまま走るしかないやん。ここで停まっててもしゃあないし」

「そやな。このまま行くか」というやりとりが聞こえる。

Y香さんも、ふっと目を開けて窓の外を見たが、道は細く未舗装の農道のようで、両脇は雪に覆われた田んぼが広がっている。家は一軒もなく、遠くの山も雪を被《かぶ》って真っ白だ。

「引っ返そうにも、この狭い一本道で、どうにもならん。けど、家も納屋も全然見当たらんなんて、こら奇妙やな」と叔父もなんだか焦ってきているようだ。

目印になるもの、人工的なモノが驚くほどなにもないのだ。電柱すらない。空も曇っていて、色彩のない世界が広がっている。

仕方なくそのまま直進していると、やがて行く手の先に黒い塊のようなものが見えだした。だんだん近づいてくる。

「なに、これ。こんなことする？」

叔母が声を上げた。

道の両端に、二メートルほどの高さの木のポールが何本も立ててあって、そのポールとポールとの間に、ロープがわたしてある。そのロープに、首を切られたカラスの死骸《しがい》が逆さに吊《つ》り下げられているのだ。それが、何十、何百羽とある。

「いくらカラスが悪さするとか、見せしめやいうても、これはあかんのと違うの」

「全部、首ないやん。ちょっと悪趣味やなあ」

と、叔母とやりとりしながら、延々と続くカラスの死骸の横を通っていく。

「俺、こんな道知らんわ。というか、こんなことする村なんかあったかなあ。地図にも載ってないようやし」

「これ、キツネに騙《だま》されてんのと違う？　おかしいで」と叔母はいいだした。

しかし、とにかく真っ直ぐ走るしかない。そのまま一本道を走っていると、カラスの吊り死骸はなくなって、竹林の中へと入っていく。

竹林を抜けると、もう車の行き交う舗装道路が見えてきて、民家も店も電柱も看板もある見慣れた風景に戻ったのである。

家に帰っても「あれはなんやったんやろ」「どこやってんあれは」と、叔父は納得できないようで、翌日、あの道に行ってみると一人出かけた。

だが、近くの道までは覚えているが、どうしても、あの一本道は見つからなかったという。

地元の人に「首を切ったカラスの死骸を逆さに吊り下げるという風習が、このあたりにないか」とも聞いて回ったらしいが「そんな話、聞いたことないわ」と、だれもが首をかしげていたという。

第九十七話　隣のガレージ

ある古い街並みの一画に、新しい家が二軒同時に建った。駅も近い。

T美さん一家がそこに移り住んだ。

毎晩、夜十時になると、外からドンドンドン、ドンドンドンとリビングの壁を叩《たた》かれる。これが毎日のように続く。

リビングの向こうは、お隣さんのガレージのはずである。

「隣の住人、なにしてんねや、いっつもうるさいなあ」と、T美さんの夫もいぶかりだした。

「私、明日《あした》、お隣さんにいうてくるわ」

次の日、T美さんはお隣へ苦情をいいに行った。

すると「いやいや、いつもうるさいのはお宅でしょ?」といわれた。

「はあ?　お宅ですよ」「うち違います」「うちも違いますよ」「あれ、お宅の車庫でしょ?」「お宅のと違うんですか?」「違いますよ、お宅でしょ?」

え……。

あのガレージは、どうやら、二軒の家どちらの持ち物でもないらしい。

じゃあ、だれの車庫なのだろう。

しかし、毎夜、十時になるとガレージの中から壁を叩く何者かがいるのは確かなことだ。二人で見張ってみよう、ということになった。

その夜、二人の主婦が、ガレージの前で待ち伏せした。きっとだれか来るに違いない。

しかし、だれも来ない。

と、十時きっかりに、ガレージの中から声がしだした。

「開けて。開けて」

若い女の声だ。

「えっ、なにこれ。だれか閉じ込められてるの？」

声は確かに聞こえる。

「開けて。お願いだから、開けて」

「やっぱり、閉じ込められてる！」

主婦二人が、思わずシャッターに手をかけると、鍵《かぎ》はかかっていないらしく、ガラガラガラッと簡単に開いた。

その瞬間、二人はその場に腰を抜かしてへたりこんでしまった。

真っ暗な車庫が見えた瞬間、しゅるしゅるとなにか黒いモノが目の前まで来ると、猛スピードで奥へと戻り、闇の中でちゃぽーん、と水の音がした。

しばらくは腰が抜けたまま、声も出なかったという。

見ると、車庫の奥に井戸があって、周りにいっぱいお札が貼られていた。

翌日、二人でこの家を購入したときの不動産屋に行き、説明を求めたが「いや、あそこは別になにもないですけどねえ」というばかりである。

T美さん一家は、引っ越ししたてのこの家を、売りに出した。

買い手がつくまでは、仕方なくそこに住んだが、夜十時の壁の音は毎夜続いた。

今は買い手もついて、T美さん一家は別の場所に移り住んだが、今もその二軒の家と真ん中のガレージはそのままあって、人も住んでいるようである。

第九十八話　赤いジャージの男の子

脚本家のTさんから聞いた話である。

もうずいぶん前に、千葉県M町の中学校で起こった話である。

ある年の新学期から、学校内で妙な噂がささやかれるようになった。

音楽室に幽霊が出る、というのだ。

音楽室は、放課後になるとブラスバンド部の練習場として使われていて、その後片づけを一年生たちがすることになっている。その一年生たちが、なにかを見る、というのだ。

だれもいないのにピアノが鳴る、ピアノの上にもやもやとした恐ろしいものがいる……。最初はどこの学校にもある、他愛もない怪談や七不思議の類《たぐい》の噂でしかないと思われた。

しかし、どうもそれだけでは片づけられないなにかが存在している、と、教師たちも思うようになったのだ。

「実は最近、あの音楽室に入った途端、肩がもげそうに痛むんです」とか「音楽の授業中、どうも知らない子がいるようなんですが、それが、どの子ともわからない。なにか妙ですよ、あそこ」という先生も出てきた。

ある夜、A先生が残業をしていて終電を逃し、仕方なく宿直室に泊まることにした。布団を敷いて横になるが、なかなか寝つけない。寝返りばかりうっていると、ふと、闇の中から、何者かが近づいてくる気配がする。具体的になにかを見たとか、音を聞いたわけではない。ただ、よからぬものが来る、という強烈な予感がして、ゾゾゾッと総毛立ったのである。もう、いてもたってもいられない。

布団から飛び起きると急いで着替え、ビジネスホテルに泊まったという。

音楽室のみならず、学校全体に、なにかよからぬものが徘徊《はいかい》している。教師たちも、なんとなくそれを肌身で感じはじめていた、ある日の放課後のこと。

その日は完全下校日で、部活動はない。

全校生徒はもう下校し、先生たちは学校内の戸締りをして、しばらく職員室で談笑していた。すると、ふっと風が流れた。見ると、職員室の扉がわずかに開いていて、その向こうの廊下と階段が見える。それを見た途端、「おい、なにしてるんだ、こんな時間に！」と叫ぶや否や、一人の先生が廊下に飛び出し、階段を駆け上がって行った。

ほかの先生たちはなにがあったのかと呆気《あっけ》にとられていたが、しばらくして先ほどの先生が戻ってきた。

「どうしたんです」

「いえね、生徒が残っているんです」

「そんなはずは。生徒はみな下校したはずですよ」

「でもいましたよ。さっき、階段のところに赤いジャージを着た男の子が立ってたんで、追いかけたんです。その子は、階段を上がっていったんですが、見失いました。まだ二階にいるはずです」という。

全教室には鍵がかかっているし、学校の出入口もすでに閉めてしまっている。鍵を持っていない限り、学校からは出られない。先生たちは手分けをして学校中を探したが、男子生徒はどこにもいなかった。

「先生、その生徒の顔、覚えていますか？」

「もちろんです」

「じゃあ、写真で確認してみましょう」

職員室にファイルしてある全校生徒の顔写真を確認した。しかし、該当する生徒はいない。

「あのう……」と、別の先生がなにかをいいかけた。

「なんです？」

「それって小柄で、赤いジャージの男の子ですよね？」

「そう、その子です」

「私、何度かその子、見てます。夜の校舎で」

「夜？」

「残業で残るとその子を見るんです。二、三度追いかけたんですが、かき消したようにいなくなるんです」

「その子、私も見たかも……」

職員室が静まり返った。ある先生がいった。

「あのさ、前から気になっていたんだけど、今の一年生って、あの学年の子たちだよね」

「赤いジャージって、うちの学校のジャージじゃないよね。あれって……」

先生たちはあることを思い出し、ゾッとした顔を見合わせた。

二年前のことである。

地元の小学校のプールで、事故があった。男の子が一人亡くなったのだ。そしてそれ以後、男の子の幽霊が出るといって小学校中が大騒ぎになり、子どもたちには内緒ながらも、保護者も参加しての大除霊式を行って、事態を収めたという事件があったのだ。地元の教育関係者の間では、かなり有名な話である。

その亡くなった男の子と同じ学年だったのが、今学期入ってきた新一年生だったのである。そしてその小学校が採用していたジャージが赤色だったのだ……。

「じゃ、連れてきた？」

臨時職員会議が召集された。

そういうことに懐疑的な先生方を説き伏せ、生徒には絶対に情報が漏れないような体制のもとで、阿闍梨《あじゃり》を呼ぼうということになったのである。

第九十九話　大阿闍梨

ある日曜日の夕方、老僧がこの中学校の門前に立った。

比叡山《ひえいざん》で千日修行をしたという高僧である。

依頼したとき、具体的なことはいわず「この学校はもしかしたら祟《たた》られているかもしれないので、ぜひお祓《はら》いをしていただきたい」とだけ伝えたという。

「案内していただきましょう」

「では、こちらから……」と教頭が先頭に立つ。その後を先生たちがぞろぞろついて行く。音楽室へ上がる階段の下で、ピタリと老僧の足が止まった。

「この上に、なにかありますな」

「実は音楽室があるんですが、そこに出るようなんです」

「わかりました。それでは先生方、今からこの階段を上がりますが、必ず左足から上がってください」

老僧の言葉に先生たちは従った。

音楽室の扉を開けると、気のせいかいつもより重い空気がとぐろを巻いている。

「わっ、きつっ」と思わず声を出した先生もいた。

「ああ、おるなあ」と老僧は音楽室の一角を見据えると、先生たちを自分の後ろに横一列に並ばせ、ものすごい迫力のある読経《どきょう》をはじめた。すると、とぐろを巻いていた重苦しい空気が風のようなものに押されて、音楽室から退散していくのを、先生たちは感じたという。

読経が終わると、お札を貼る。

「もう、ここは大丈夫です。しかし、ここだけではありませんな。ほかも案内していただけますかな」

学校のあちこちを歩くうち、にわかにその顔色が変わり、足早にどんどん歩きだした。

「どうなさいました？」

宿直室の前で老僧の足は止まった。

「ここはすごいことになっています。先生方はここで待っていてください。決して入らないように」

そういい残すと一人宿直室に入って、ピシャリと扉が閉じられた。先ほどより、さらに大きな読経が、中から響いてきた。四、五十分たって出てきた老僧は疲労困憊《ひろうこんぱい》の態《てい》で、顔は土色だった。

「終わりました。子どもが二人、大人が一人。三人いました」

「それは一体、なんなんですか？」

それには老僧は首を横に振るだけ。

「いや、もう大丈夫です。しかし、学校のような人の出入りの激しい場所は、一つの霊障があると、それをきっかけに集まってくるものなんです。今は私が浄化しましたが、気をつけなさらんとまたすぐ戻りますぞ」

もしものことがあれば、と何枚かのお札を置いて、老僧は帰って行った。

第百話　大阿闍梨・後日譚

六、七年前のことである。

映像制作のディレクターのIさんが、電話で「今度、DVD用の心霊もののドキュメントを撮ることになりましてね」という。どのようなものかと尋ねると、子どもの幽霊が出るという中学校で、サーモグラフィーなども設置して本格的な霊査もやるらしい。

「どこの学校ですか」

「それはいえないことになっているのですよ。まぁ、関東の学校です」

「千葉県M町の中学校じゃないですか」と聞くと「えっ、ご存じなんですか」と驚かれた。

「まだ出てるんですか、あそこ。阿闍梨を呼んで除霊したと聞いていましたが」

「それがね。霊障を封じるお札が貼られてあるそうなんですが、子どもたちが見つけてはこれを剝《は》がすそうなんです。見えないように隠しても、なぜか見つかるそうで。剝がせば幽霊が出る、と先生が子どもたちに公言することもできないし。子どもたちより、保護者や教育関係者の間で問題になっているようです」

面白そうなのでロケの同行を願ったが、今回は部外者の許可は出ないという。ただ、ロケでなにがあったかの報告はします、ということで電話は切れた。

そして数日後、Iさんから報告があった。

「なにかありましたか？」

「それがねぇ……」と、なんだか口を濁している。ようやくIさんから聞きだした顚《てん》末《まつ》は驚くべきものだった。

取材の夜、学校に撮影や調査に必要な機材を運び込み、職員室前の階段や音楽室、旧宿直室などに定点カメラを備え、ビデオをまわしていたらしい。

Iさんたちは階段の下に仕掛けたカメラの後方で待機していたが、パタパタパタッと子どもが走る音がする。はっと目を上げると階段の上に、赤いジャージの男の子が立っていた。

「あっ、あれだ。カメラ、映ってる？　サーモグラフィーはどお？」

「映ってます」

「反応してます！」

……

そこで、記憶がなくなった。気づくと家のベッドで目を覚ました自分がいたという。

「あれえ、ロケしてたよなあ。赤いジャージの男の子が階段に現れたよなあ。それから……、どうなったっけ？　なんで俺、帰ってんのって……」

Iさんがいうには、ベッドの上でひとり頭をひねっていると、電話が鳴った。出ると、ロケに同行していたカメラマンだった。

「Iさん、昨夜、ロケしましたよね？　なんだか僕、気づいたら家で寝てたんですけど。どうなっちゃってるんでしょう？」

「お前もか」

どういうことだ？

慌てて、ロケに同行していた全員に連絡を取ると、その全員が、今自宅の寝室で目覚めたところで、階段で男の子を見てからの記憶が全くない。会社に戻って調べてみると、機材などはちゃんと撤収していて、車で帰ってきたのは確かなようだ。

ビデオや計器を調べてみると、これもまったく作動していない。デジタルで記録したはずのテープにもなにも記録されていない。回しっぱなしだった定点カメラのテープも同様だった。そんなことは考えられない。

「……なにがあったのか、さっぱりわからない。というより、不気味でしょうがない。ともかく、来週あたりもう一度ロケに挑戦してみるつもりです」

その後、Iさんからの連絡は、なぜか途絶えた。

本書は小社より二〇一四年七月に刊行されました。

怪談《かいだん》狩《が》り　市朗百物語《いちろうひやくものがたり》　赤《あか》い顔《かお》
中山市朗《なかやまいちろう》

角川ホラー文庫　20174

平成29年1月25日　初版発行
令和6年11月15日　12版発行

発行者――山下直久
発　行――株式会社KADOKAWA
〒102-8177　東京都千代田区富士見2-13-3
電話 0570-002-301(ナビダイヤル)
印刷所――株式会社KADOKAWA
製本所――株式会社KADOKAWA
装幀者――田島照久

●お問い合わせ
https://www.kadokawa.co.jp/ (「お問い合わせ」へお進みください)
※内容によっては、お答えできない場合があります。
※サポートは日本国内のみとさせていただきます。
※Japanese text only

ISBN978-4-04-105215-0 C0193

角川文庫発刊に際して

角川源義

第二次世界大戦の敗北は、軍事力の敗北であった以上に、私たちの若い文化力の敗退であった。私たちの文化が戦争に対して如何に無力であり、単なるあだ花に過ぎなかったかを、私たちは身を以て体験し痛感した。西洋近代文化の摂取にとって、明治以後八十年の歳月は決して短かすぎたとは言えない。にもかかわらず、近代文化の伝統を確立し、自由な批判と柔軟な良識に富む文化層として自らを形成することに私たちは失敗して来た。そしてこれは、各層への文化の普及滲透を任務とする出版人の責任でもあった。

一九四五年以来、私たちは再び振出しに戻り、第一歩から踏み出すことを余儀なくされた。これは大きな不幸ではあるが、反面、これまでの混沌・未熟・歪曲の中にあった我が国の文化に秩序と確たる基礎を齎らすためには絶好の機会でもある。角川書店は、このような祖国の文化的危機にあたり、微力をも顧みず再建の礎石たるべき抱負と決意とをもって出発したが、ここに創立以来の念願を果すべく角川文庫を発刊する。これまで刊行されたあらゆる全集叢書文庫類の長所と短所とを検討し、古今東西の不朽の典籍を、良心的編集のもとに、廉価に、そして書架にふさわしい美本として、多くのひとびとに提供しようとする。しかし私たちは徒らに百科全書的な知識のジレッタントを作ることを目的とせず、あくまで祖国の文化に秩序と再建への道を示し、この文庫を角川書店の栄ある事業として、今後永久に継続発展せしめ、学芸と教養との殿堂として大成せんことを期したい。多くの読書子の愛情ある忠言と支持とによって、この希望と抱負とを完遂せしめられんことを願う。

一九四九年五月三日

無惨百物語 ておくれ

黒木あるじ

恐怖を追求した、百話の実体験談！

火葬場の煙をビニール袋に入れて遊ぶ幼い息子。特種清掃員の自宅を訪れた老人の霊。最終便のバスに乗ると決まって現れる和服姿の母に似た女……。この世ならざるモノに出会い、常識では理解不可能な事象に直面したとき、多くの人は気のせいだと受け流す。だが日常に紛れ込んだ些細な怪異の断片は、やがて凝り固まり、歪に形成されてゆく。気づいたときには、もう「ておくれ」なのだ。怪談実話の旗手による忌まわしき体験談。

角川ホラー文庫

ISBN 978-4-04-103016-5

忌談 終《つい》

福澤徹三

読むと人間不信になる戦慄の実話怪談

疎遠だった祖父の葬式に出席した大学生の身体に生じた異変（「血縁」）。キャバクラに居た不思議な力を持つ女のその後（「霊感のある女」）。キャンプ場の木に吊るされていた奇妙なロープ（「縊死体のポケット」）。神社や寺に近付くと体調を崩す女性が交際相手から初詣に誘われて……（「奇縁」）。死者も怖いが、生きている人はもっと怖ろしい、怪異繚乱の全35話。最後まで最悪の読み心地の忌談シリーズ最終巻！

角川ホラー文庫

ISBN 978-4-04-102941-1